# 久违的芬芳

Belated Happiness

李晞海 著

中国发展出版社
CHINA DEVELOPMENT PRESS

**图书在版编目（CIP）数据**

久违的芬芳 / 李晞海著 —北京：中国发展出版社，2016. 7
ISBN 978-7-5177-0547-5

Ⅰ. ①久… Ⅱ. ①李… Ⅲ. ①长篇小说–中国–当代
Ⅳ. ①I247.5

中国版本图书馆CIP数据核字（2016）第156444号

书　　名：久违的芬芳
著作责任者：李晞海
出版发行：中国发展出版社
（北京市西城区百万庄大街16号8层　100037）
标准书号：ISBN 978-7-5177-0547-5
经　销　者：各地新华书店
印　刷　者：北京科信印刷有限公司
开　　本：880mm × 1230mm　1/32
印　　张：7
字　　数：150千字
版　　次：2016 年 7 月第 1 版
印　　次：2016 年 7 月第 1 次印刷
定　　价：35.00元
联系电话：（010）68990535　68990692
购书热线：（010）68990682　68990686
网络订购：http：//zgfzcbs.tmall.com//
网购电话：（010）68990639　88333349
本社网址：http：//www.develpress.com.cn
电子邮件：10561295@qq.com

# 目录
Contents



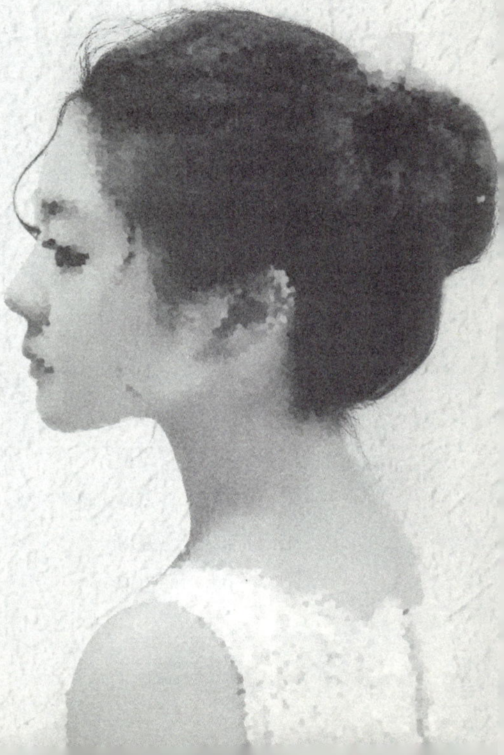

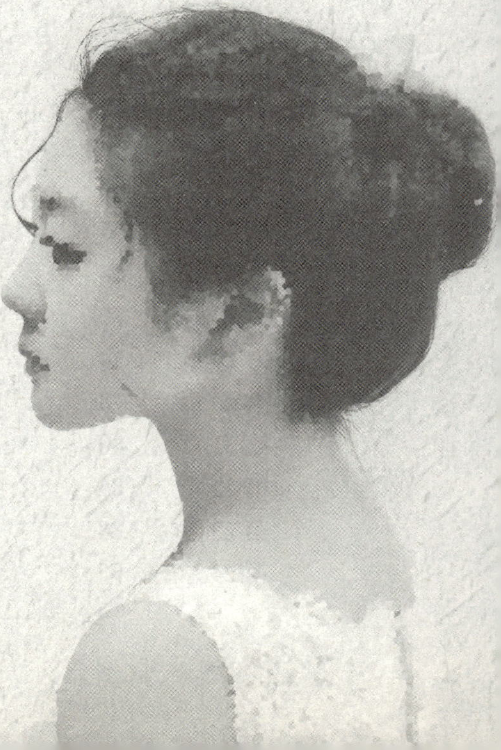

# —— 人物表 ——

| | |
|---|---|
| 埃里克·特纳 | 特纳部落的首领 |
| 索尼娅·特纳 | 埃里克的亡妻 |
| 凯瑟琳·特纳（苏宝慈） | 埃里克的妻子 |
| 西德·特纳 | 埃里克的大儿子 |
| 托德·特纳 | 埃里克的小儿子 |
| 苏·特纳（苏栀秀） | 凯瑟琳的侄女 |
| 亨特夫妇 | 索尼娅的父母 |
| 艾希娅·亨特 | 亨特家的养孙女 |
| 苏青瓷 | 埃里克同凯瑟琳的大女儿 |
| 卡尔文·汤普森 | 医生 |
| 苏可人 | 卡尔文的妻子 |
| 南希·汤普森 | 卡尔文的女儿 |
| 汉普顿·特纳 | 管家 |
| 德克斯特·巴恩斯 | 神父 |
| 奥德里奇·裴波 | 将军 |
| 克里丝缇娜·亨特 | 特纳山庄的女仆 |
| 阿姆斯特朗·裴波 | 裴波将军的大儿子 |
| 苏展莫 | 苏宝慈的父亲 |

| | |
|---|---|
| 苏宝隽 | 苏栀秀的父亲 |
| 苏周氏 | 苏展莫的原配夫人 |
| 苏墨颜 | 埃里克同凯瑟琳的小女儿 |
| 拜伦·斯托克 | 富豪斯托克的独生子 |
| 克利福德·卡特 | 部队的少尉 |
| 伊莲·裴波 | 阿姆斯特朗的妻子 |
| 罗伊·琼斯 | 艾希娅的情人 |
| 苏蔓萝 | 凯瑟琳的外孙女 |

# 楔子
Preface

风优雅地迈过山丘、走过田野、撩过溪边刚吐出嫩叶的新枝，终于柔弱又安静地吹进了屋里，舞动了几下轻薄的蕾丝窗帘，到达了它最后歇脚的地方：这间墙壁泛着淡黄色光晕的房间。白色帘尾随风一下又一下地摆动，不经易扫过了窗前的小圆桌，圆桌上的花瓶里满满全是昨晚才开败的野花，风的脚步让这小天地里沾满了野花一阵又一阵淡淡的香甜，屋里纱质帷帐也为风的到来而欢舞，不甘寂寞地微微飘动了起来，此时，太阳虽然还没有升起，天际却已是一片敞亮。

门从外面被打开，来人吵醒了还在被子里酣睡的蔓萝，“快起床了，宝贝。”进来的妇人手里拿着今早才在原野绽放的花朵，花苞里、花瓣间伴着露水特有的泥土芬芳，她径直走到窗前，束起了正在漫飞的窗帘，替换了花瓶里昨天即将凋谢的花，耐心地整理新鲜的花枝，让它的姿态可以美得刚刚好。然后回头看了看还在被子里的蔓萝，走到床前侧身依坐在床上，爱抚着自己外孙女的发丝，感觉到来自发丝里的丝丝细汗，像是刚刚梦醒的样子。

“外婆，我又梦见她了”。

“这一次她有没有和你说什么”？

蔓萝起身倚进了凯瑟琳的怀抱里：“和以前一样，静静的看着我，浅浅的笑着，什么也没有说”。

“也难怪，这间屋子以前就是她的。”凯瑟琳爱抚着怀里的宝贝，亲亲她的额头，伴着一声想念的叹息，是那么的轻柔。

“外婆，和我说说她吧，我想知道关于她的所有”。

# 第1章

这是一幅来自18世纪的风景，一个村庄悄然坐落在欧洲西部宁静而辽阔的土地上，这里的村落低丘缓坡、麦田农人、微风炊烟、鸡鸣狗吠。故事静静隐埋在这小小世界的静谧里，它宛如一朵离开树梢的奇葩，在一个无风的午后坠入了湖面，给安然的村庄激起了层层涟漪。一阵清风后，随之平静的湖面上全是满满的美丽花瓣，其间还染着阵阵沁人的花香……后来的后来，村庄渐渐地消失在年岁的窀穸里，而故事却活了下来，关于它的传说，听说是这样的——

微拱的山丘上一条通往山腰的小路分隔了无垠的草地与茂密的森林，每个晴朗的早晨，青翠的阳光都可以把这些简单的分罗笼罩在温暖里：轻雾似暖被，清风似爱人……

一个同以往一样平常的天气，在这条连接着村庄与外界的山路上奔驰着一支回归的马队，在长长的队伍前奔驰的男子便是这所有能望及的土地的主人：特纳家族的首领埃里克。

今天的回归对于这个男人是一场近乎完美的归来，不仅仅是此行原本就胜券在握的大买卖，而是因为他的马背上多了一个女人，她将会填补空缺了8年之久首领夫人的位子，更重要的是，她已填补了他的心，一下子，那颗仿佛甚至关乎他生命所有的曾经都一直一直为等她出现的心。

随着马队进入村庄，着黑袍偎在首领身后的她顿然惊诧了所有见此情此景的村民，多嘴的女人告诉多嘴的女人，多事的男人说给多事的男人：

“天啦，‘黑夜’（埃里克的马的昵称）背上多了个女人！？”

“是呀，是个女人，着黑袍的女人……”

……

听着刚匆匆从屋外进来的胖厨娘在身边用她那大嗓门勉强低声传说着这件“亲眼所见”的绯闻，拿着奶罐的克里斯蒂娜看了一眼厨娘夸张的表情，随即抬头远远望着窗外，从外面驮着许多物品回来的队伍此刻也存现在悠闲的夕阳余晖中。从她眼眸中映出的分明是队伍的第一匹马，更确切的说应该是马背上那两个黑色的靓点，在她眼里，暗淡的黄昏已将他们的影子拉得好长好长……

到达庄园外，黑夜随着主人拉制缰绳的动作听话地停顿了脚步，埃里克熟练地跳下马，再又小心翼翼抱她下来，只剩下黑夜跟随着其余的马队向马厩的方向走去。

“到家了！”

听着他说到家了，她白皙的纤手同时柔柔抚去遮住视野的黑袍帽子。

“好美！”

看着眼前这幢建于上个世纪的建筑，顿时不禁让她看呆了。至此，身边的埃里克得意地微微翘翘嘴角，相信没有什么可以比她此刻的表现更能让他自足，关于先前一路的担心至少此时已足够让他轻轻松一小口气。

听说主人回来的老管家汉普顿已经迎了出来，他呆站在门口：他是部落里第一个看清她芳容的人。

“噢，这就是我们的老管家汉普顿。”

埃里克将她介绍给还在一旁没回过神的汉普顿时特别把“我们”两个字说得格外重。

“埃里克，这……”

有着与父亲同辈又照看了特纳家族两代人的老管家是可以这样直接称呼首领的，而且埃里克待他也同对逝去的父亲一样尊敬。

“这……什么让你语无伦次了？我的汉普顿，这是凯瑟琳！”

说完埃里克牵过凯瑟琳的手带她走进了那幢她未来的家，这时，凯瑟琳才看清楚这幢建筑的粗略：跨过那庄重而华贵的木制大门，就可以看到整个大厅：屋内全是米色的纹花壁纸，显得富丽而温馨；天鹅绒做衬的沙发；木纹清晰分明的古铜色实木茶桌；正面墙上内嵌的一个有着精致浮雕的象牙色壁炉；比起这些摆设更能惹人注目的是壁炉上方悬挂着那幅油画：一个着皇室正统服饰男子的半身像，画像虽然有点年岁的样子，画框却是打扫得一尘不染；在大厅两侧悬挂着厚重的卡其色织绣落地窗帘。埃里克挽着她拉开窗帘，噢，原来是扇被那帘子隐约掩住的拱形门，门的构造很是考究。她摸着门边与墙连体的一侧石柱，不禁期望着抬头端望门外，又是一番不可思议的景色：脚下是一条青石铺砌的长廊向左右延伸，她刚好就站在了长廊的正中段，长廊外面是个花园，她看到一个大理石做的圆形喷泉就在花园中央的位置，不过，现在它却没喷水。花园的另一侧也是看似相同这边一样的走廊。

她跟随埃里克的脚步由着走廊的左边走到了尽头，上了一侧的楼梯。

“亲爱的，有八根石头柱子。”在楼梯上凯瑟琳回顾一路走来与房屋齐高的几支走廊石柱调皮的说笑。

埃里克笑笑：“那有没有数数是几个房间，呵呵……”

由着楼梯上到了这幢房屋的第二层，这顶层比及刚刚走过的楼层更显得格外的对称，齐齐延边的屋顶被石砌得十分干脆利索，还是八支石柱九个房间，只是外廊多了一道一米来高的台栏，台栏上、石柱之间的拱形上都有简单却曼丽的浮雕，点缀是连续韵律的变形树叶，凯瑟琳想刚刚还没来得及看，大概一楼的拱形门栏上也应该拥着这样一致的美丽图案吧。

“你的幸福将全装在这里。”走到主卧室门前，埃里克开了门边说边轻轻往她一直卷握的小拳里塞钥匙，凯瑟琳走进他为她开启的室门，满怀甜蜜的心情微微捏紧了手里接过的小礼物，小拳在他的手中感受到内心的一阵温暖，她能感受到他为她做的不仅仅只有这些，更是他交与她他的曾经以及她的未来。

她不难想象主卧的陈设到底有多美，事实也的确如此：大大的房间被各种棕色木制家具摆设得恰到好处，填充得满满当当，深红色嵌满金色双边凌型大花纹的壁纸是那样张扬、热情，枣红的罗帐偎依着一张双人的实木大床，床上华丽的棕金色的天鹅绒被子平铺得十分整齐，微微有点起皱的地方也看似起伏的水浪一样……

在凯瑟琳看来，这里的每一样东西都有着它们自己不同的性情，由于出生在不同年代，也如此述说着各自不同的故事以及私属的心情。

这时，她注意到了那扇窗，窗是开着的，窗外有着无穷的碧绿，于是她禁不住放开了一直被埃里克牵握的手，走到窗前，清风拂面，从这里可以看到整个庄园的南面：悠闲的马匹和正在吃草却被驱赶准备回栏的牛群，还有小丘之间小山坳里浅紫一片的野花，以及偶尔映入眼帘的几个农妇或是放牧的人……看到这里，她突然稍稍身体往前倾了倾，手护着窗栏踮起脚尖，轻轻仰头闭上眼睛微微吐了口气，回过头看着她的爱人，

“埃里克，谢谢你！”

听到这一句，他什么也没说，只是走了过来，揽住了她的腰，抱着她一起看着窗外，满足而又感激。此时此刻，两颗心，靠得好近，也好紧。

# 第2章

看着主人和那叫“凯瑟琳”的女子走进屋，汉普顿自始至终一头雾水，还没回过神来，也未弄清楚到底是怎么一回事，埃里克告诉自己的，没有多余的只言半语，除了她的名字他仅仅只知道……

“老管家，老管家……”三两个女仆拦住了汉普顿的去路，打断了他的思绪。

“怎么回事？你可知道怎么回事？”又是女仆们这些好奇而多事的小心思，似乎大家始终平平静静的生活，习惯了千篇一律的日子。如今突然出现了这么一个人，就变得期待未发生的许多事，所有的注意力就这样全都攒在了这个新人身上，甚至都有替她猜想且预料着她自己都未必知道的未来。

汉普顿想要回答她们，接上了刚刚被打断的思绪，“除了她的名字，我仅仅只知道……只知道她有着我从来没有见过的美貌，让我才看清她容貌那一刹那却不知应该说什么是好。”

“什么美貌？”女仆们不屑的问，女人总是这样，除了好奇，更多的是妒忌，嫉妒别的女人有着吸引男人的某种东西，更恨这种魅力恰是她们没有的。

“凯瑟琳是她的名字，那是我从没见过的美，我想应该是……应该是什么呢？是无人能及吧，呵呵……要知道那是一顶黑发，传说里东方人的那种乌黑的发丝，还有，还有，还有同样黑褐色的眸子，但是，奇怪，却又是西方奶色的肤色和深邃的眼睛……我也不知道怎么形容。”汉普顿咂咂嘴，还是刚刚那至始至终没回过神的样子，丢下还在那里因好奇疑惑着的女仆，其实，更多的是他也开始好奇关于她的一切未知。

“或许，你们更应该准备一顿丰盛的晚宴，姑娘们。”汉普顿刚走了两步，突然想起已是晚餐的时点，在走廊上转过身幽默而严肃的对还在窃窃私语的女仆吩咐道。女仆们愣了愣，心领神会的相互瞥了彼此一眼，提起布裙裙摆，匆匆散去。

此时，卧室里的凯瑟琳刚刚脱去身上那件厚重的长黑袍，一条白色碎花的连衣裙，在底色如此堂皇而又暖意的房间里显得有些格格不入，她羞涩的冲埃里克笑笑，笨拙的拘谨的有点不自然的神色。埃里克同样回报她微微的笑容，轻轻拥她入怀，有点舍不得松开，轻轻地说：“准备准备，待会我们就去晚餐吧。”

# 第3章

餐桌上放着各种精致的餐具：从大盘子到小盘子；还有浅碟、深碟；分类细心的叉子——吃沙拉或是叉肉用的；喝汤用的汤匙以及吃甜点用的汤匙……都是那样的齐全，摆放的每个细节也很讲究。比起那些透亮得耀眼的银具，面前摆放的这些金粉勾出细细金边的瓷盘更引起了她的注意，转过脸有点意外的问埃里克："中国制造"？

"本来就只有中国才有不是"？

凯瑟琳正准备关于这个精美的瓷盘向埃里克追问下去，这时，两个孩子被一个女仆牵着来到餐桌前。

"应该，应该就是他说过的他那两个可爱的孩子。"凯瑟琳心里正这样想着，埃里克亲自起身带过两个孩子，手则在孩子发丝上慈爱的轻抚着，"凯瑟琳，这就是西德，八岁的西德。"

又侧过脸微笑着摸摸另一个孩子的小脑袋，"而这就是托德，也六岁了。"

她看到他看他们时眼里透出的怜爱与关心是那样的熟悉，就好像他对她的关注一样令人幸福，可却又是那样的不一样：父爱充溢了这个男人的眼眸，那个以往在她眼中似乎只装得下征服欲的男人此时却只有与平常人一样的情绪——那种只想给他们默默的无尽的父爱。

他看了看凯瑟琳，看见微笑一直洋溢在她温柔慈爱的脸颊，眼神里也同样透露着对两个小家伙的丝丝怜惜，埃里克那先前心里只轻轻松了一小口气的担心现在终于可以尘埃落定：一切如他所愿，让他顿时豁然开朗。

晚餐进行得难免有些尴尬，毕竟这是凯瑟琳来到特纳家的第一次用餐，一举一动都很不自在，埃里克也有点不知应该做些什么，他偶尔说了一两句调侃的话也会被凯瑟琳心不在焉的回应浇得更是不知该说什么好了。

“埃里克。”凯瑟琳终于忍不住，埃里克看着她听她，准备说什么。

“埃里克，和我一开始想象的不一样。”

埃里克一下子有点小紧张，接着听她说：“我没想过会是这样的井井有条，我本以为会是与我家截然相反的生活……原来，和我一开始想象的还是不一样。”

“这样的生活让你不喜欢？”

“我不喜欢！一点也不喜欢……不喜欢以前的生活……”

凯瑟琳急切表达着自己的不乐意以及不自在，却又一下子没了底气，眼下的生活不正是以前的生活？她懊恼刚刚那样没礼貌的话脱口而出，担心会惹这里原来的主人不高兴。

“汉普顿。”听着凯瑟琳转而胆怯的语气，埃里克狡黠的坏笑，转身叫着老管家的名字，“叫上克里斯提娜她们，今天这样，凯瑟琳不乐意了。”

汉普顿嘴里应着却挺为难的样子不知该如何是好。西德、托德一改刚刚规规矩矩的坐姿，一同转过身把小脑袋倚在椅子靠背上笑眯眯的看着老管家，汉普顿就这样僵硬的坐了下来，几个女仆见老管家坐下也随着机械的就坐，

“其实，”汉普顿挺不是滋味的表情，不好意思的对凯瑟琳说着，“其实，我们每天都是这样子，只是除了今天，呵呵……仅仅今天，今天，因为你在这！我们……呵呵……”

凯瑟琳立即明白了汉普顿的意思，羞涩的扬扬嘴角，礼貌的点点头表示会意，然后大家都笑了。

“这样不是挺好？”她心底偷乐着自问也开始幸福地适应着这里的每一样事物和每一个人，她相信他给予她的所有即是她想拥有的一切。她甚至不知不觉已经不再在乎他们决定在一起时她比较介意他有过婚姻还有两个孩子，是呀，多么惹人喜爱的孩子，她惬意地想象应该怎么开始学着做个称职的母亲，她对于那个所谓的以后，已经抱着一颗期待而又美好的心。

# 第4章

没有刻意的鲜花，没有梦里的教堂，也没有朗读婚约的主婚人，甚至没有父母的祝福，一场家族内部的仪式成了凯瑟琳最遗憾的婚礼，在她心里，一直梦想着自己可以以圣徒的名义在她见过的最大的教堂里由自己父亲亲手交与自己最爱的男人。而现在除了嫁给了最爱的埃里克，从小梦里其他的一切，却什么都没有得以实现。

这些小纠结总会出现在凯瑟琳的脑海里，离那场婚礼已经过去半个月了，她还是喜欢在独处时不自觉地回忆其中的点滴，捕捉一丝一毫的甜蜜：那些证明她尽管开始不够圆满结局却很幸福的证据。

她回味着那么多人在她出现时一下子鸦雀无声的场景，她很享受那种一个漂亮女人独具的虚荣；她亦回想起大家小声猜测议论她的身世，那些没逻辑的揣测现在想起来仍会让她不禁偷笑。接下来想着想着她又突然不笑了，有点沉重于那天汉普顿将两个孩子交与她的时候："您的美让我相信您的善良，希望您真能像爱埃里克一样爱他们，特纳家会感恩于您，我们美丽的夫人。"

“我会如对待亲人一样对每一个特纳部落的人，如您所愿，时间会让您信任我的真诚。”那些简短的字词就是一个承诺，承诺了爱他，爱他的儿女，爱他的村民……爱他的一切。由此，她是感到有点沉重的，不是担心自己是否可以兑现诺言，而是到现在她也未能亲近那两个孩子。不是她的原因，她总这样宽慰自己，可是也不能总这样一直下去。

怎么办呢？应该怎么样才能改变如今这样的局面？孩子们总是黏着那个名叫“克里丝缇娜“的女仆，那种依赖着实让她羡慕。

“又是西德和托德让你这样烦恼？”已经相互熟悉而且相处融洽的汉普顿不是第一次看到凯瑟琳像今天这样子发呆了，忍不住上前问了她，吵醒了她的小思绪。

“嗯！”凯瑟琳现在才从自己的小世界里给拉了出来，“是有一点，但我已经很努力了。”

凯瑟琳有些委屈夹着几许沮丧。

“克里丝缇娜是索尼娅嫁过来时随同来的仆人，托德出生的时候索尼娅难产去世，此后就是克里丝缇娜带大两个孩子，她始终没有嫁人，像对待自己孩子一样伺候他们，完全浸注了所有的精力。所以，不要羡慕西德、托德与她之间的关系，我想终有一天，他们会接受你是他们的母亲并与你亲近的”。

听着汉普顿给予的肯定，她的那份沉重暂时渐渐释怀，有一天他们是会取悦于彼此，她心里也开始对此深信不疑，只是，这个“有一天”什么时候才会到来？

# 第5章

当旦日新生的太阳冉冉升起，一个又一个黄昏渐渐过去。或是阴霾的天气不停的来，雨时缓时急……时间就像从南方迁徙赶路而来的候鸟，急切地飞行，一刻也不停，日子离那场婚礼已经渐行渐远。

凯瑟琳的生活仿佛被童话里带着魔法的海浪幸福地颠簸了一下，很快又残酷的回到了现实里，相似从前一个人的样子：安静！冷清！她恨寂寞，却赶不走。特别是当埃里克因为贸易买卖或是其他原因不在庄园的时候，有时只能睡卧在卧室的躺椅上打发时间，穿一件亮眼的白色丝质睡袍，时而嘴里哼唱着从父亲那里学来的东方歌谣回忆往事：那些记忆涵盖了一去不返的父亲，还有已故的母亲，包括记忆里曾经温暖的梅南山庄……

“母亲，母亲……”西德追赶着托德一直追到了凯瑟琳的房里，凯瑟琳急忙拭去眼角的微微晶莹，应着托德的叫喊，克里丝缇娜也跟着进来了。

“母亲，克里丝缇娜嬷嬷说你知道好多好多我们不知道的故事，我要听！”

凯瑟琳回头冲克里丝缇娜笑笑，她知道克里丝缇娜总在努力尽可能地让孩子们和她独处，她从心里很是感激克里丝缇娜的善良与善解人意的成全，让孩子们最终接受了她跨进他们的生活。

见托德也在调皮的嚷着：“我也要听……”

于是克里丝缇娜悄悄关上了被小家伙闯开的房门，把孩子们独自留给了他们的母亲。

孩子们想听的那些究竟是些什么样的故事？纠缠着有关外公以及那个国度东方的传说，那些卵石铺出的长街，四四方方的院落，还有街巷中喧闹的叫卖与吆喝，印有汉字的商肆锦旗，以及宝马香车路过的声声马蹄……甚至，他们还好奇车上那些女子是怎样的娇小玲珑。

苏展莫，他们的外公她的父亲，是许多中国富商中的一个，在那个王朝里富甲一方，后来不知道是什么原因，让他那样不寻常的同一个落魄的西方传教士成为至交，甚至还信服了传教士的劝说，开始尝试着将中国的纺织品、茶叶还有瓷器远销到一些遥远的国家，恰巧一切又出奇的一帆风顺，这些贸易风险的投资换回了丰厚的回报，不仅如此，甚至连父亲自己都不知道他已在莫名之中就参与了促成欧洲的那股“中国热大海潮”。

当父亲远航的船队从不同国度带回了琳琅满目的货品，加之传教士对于那些未知事物的描述，让当年的父亲对外面的世界不由心生向往，想要随着船队亲自踏上之前只能是幻象的地方去看看此生从未见闻的风土人情。

于是，父亲第一次出海贸易的商船一直顺着大西洋西向最后停靠在了欧洲大陆的西部海岸，在那里，他得以邂逅了她的母亲。母亲出生在一个皇室贵族的家室里，这个家族世代相传但却与当地政权的纷争中不幸没落，除了病逝的外公拥有的头衔与栖身的梅南山庄，实际上这个贵族小家庭早已破产，仅仅只是一个空壳。

当时，除了爱情，或许更多的是家族早盘算着怎样依仗母亲的婚事改变梅南山庄经济上的窘迫，当然其中也许也夹杂着父亲想在异国的其他打算吧，就这样，一宗众说纷纭的娶嫁也曾旋起不小的风波。要知道，尽管中国这颗东方明珠在当地人心中是那么令人向往的完美国都，但没人会想过嫁与一个黄种人，更不曾想过会要与其生儿育女，哪怕他有着令人羡慕的财富。

一年之后，凯瑟琳在这个特殊组建的家庭里出生了，她自出世就是那样与众不同且倍受关注，渐渐懂事后，她知道自己拥有惹人惊诧的异域美貌，富裕的家庭同骄傲的贵族出身让凯瑟琳从来就是自信满满，生活对于她来说是那样美好、顺利与安逸。

然而，当整个西欧时局变得动荡，父亲也随着他前往中国的船队一去不返，至此之后，仿佛一夜之间什么都变了，凯瑟琳曾同公主一样只知道浸泡在托马斯·莫尔的《乌托邦》小说中的生活顿时变得面目全非。

接着，祸不单行，一年之后，母亲在急躁的等待中无望地病逝。

再接着，她仍然只能僵持在没有生活来源的生活里，同样急躁地等待着父亲，整日昏昏无望地过日子，煎熬于一夜夜的恶梦不知什么时候才能够得以遏止，直到那天遇到了埃里克……

“唉……”凯瑟琳忧忧了一声叹息，这就是她的身世，既简单又不平常的26年间发生的事。

也许父亲不会再回来了，她这样想，至少他在那里还有着她尚未谋面的家人：他的原配妻子，还有她同父异母的哥哥。为什么父亲没有再回来？也许这些事实已经足够解释一切。

# 第6章

深爱的丈夫、可爱的孩子、惬意的生活……凯瑟琳是那样的幸运，女人一生最奢望的这些东西，她几乎同时都拥有了，没有桥段的安排，也没有故意的期待。她也知道自己不该再去奢想些什么，或许能这样子一直下去就已经很是满足。她低头微笑地轻抚着已经稍稍隆起的小腹，满怀幸福的感激这个小生命的到来，她爱他，已经等不及想把所有的爱都给他。

在此之前，她不止一次想过要回梅南山庄，那个地方像个梦魇总牵拉着她在无尽的黑夜里寻觅，记得与埃里克一见钟情的相遇，说走就走的跟随，此时此刻想起来当时确实是冲动了。在特纳部落的半年以来，凯瑟琳总担心可人如今过得怎么样，也不知道她是否回去过，如果回去了找不到自己她又会不会着急？于是自己很想回去看看，但现在也只有将想法搁浅了，那就等到孩子出生之后吧，孩子出世了她就回去，其实也已经不久了，她摸着腹里的小生命，这样宽慰着自己。

而埃里克8年之后又一次要做父亲，这种欢喜溢于言表，他感谢凯瑟琳，是这个女人改变了他许许多多生活的轨迹，她的出现使得他曾经的爱情黯然失色，他一开始就觉得，她填充了他的心，那颗关乎他生命所有的曾经都一直为等她出现的心。

就像凯瑟琳刚刚来到这里的时候，又是一个春末夏初的日子，阳光安抚着满山的青草，浅紫的野花铺遍了山坳的角角落落，晴朗得没有一丝风，就是这样一个令人愉悦的上午，让人看不出一点悲伤。

“怎么样呢，怎么样呢？”在门外等待的埃里克焦急的问着刚出卧室的克里丝缇娜，他很焦急，很迫切，卧室里是正在分娩的妻子，听着她痛苦的呻吟，此刻，如此苦涩的等待，每分每秒过得那样子煎熬。

“难产了……”这几个字，克里丝缇娜犹豫的吞咽了几次，还是回答了主人。

9年前那个夜晚，索尼娅最后一刻无能为力的叹息让他觉得自己无计可施、束手无策。

他不能再失去凯瑟琳，不能，绝对不能。

他进入屋里，脚步在木地板上落下了沉重的音响，他只想离她近一点，他默默祈祷甘愿将未来做交换，只求今夜他的身旁还可以拥有她的体温，许愿余生每个醒来的清晨怀中的她呼吸还能漫撒他的胸膛……虽然他也那样迫切的期望同她孕育属于他们的孩子，而此刻这些都已经不再重要，真的一点也不重要，幸福只与她有关，别的可以什么都不要。

“哇……”一声新生儿的啼哭掩过了母亲伤痛的叫喊，所有人的心都放了下来，开始兴奋的猜测是个男孩还是女孩。埃里克眼眶积着泪光，这一刻又是一种怎样的情绪在他心里?

可是，当大家还没来得及想怎么祝福这个新生命的开始，一阵来自屋里凯瑟琳伤心欲绝的哭泣一下子紧张了所有人，

“刚刚我分明听见他哭了，是哭了，千真万确地哭了……怎么可能呢，不可能的……”凯瑟琳挣扎在埃里克的怀里，刚刚的生产已经透支了她的体力，她怎么接受他们告诉她刚出生的孩子夭折的打击，哭着背过气去。抱着凯瑟琳的埃里克茫然地接受了一事实，兴许至少幸运的是她还在吧。这个勇敢的男人坚强的心此刻也好累，疲惫不是体力的耗支，而是心伤的磨损。

这件事后过了好长好长一段时间，凯瑟琳才得以勉强平复了悲切的心情。

“以后我们还会有！”埃里克轻声在耳边这样安慰着，她渐渐收拾了每次一提都会决堤的泪水，以后我们还会有，她也开始这样告诉自己，慢慢学着淡忘那个陪伴了她十个月的“小甜蜜”。时下能做点什么呢?

“亲爱的，我想回梅南山庄看看。”凯瑟琳突然想回梅南山庄的心从没这样强烈，一分一秒也不愿意再等下去了。

埃里克答应了她，只是想再延迟一些时候——等她身体再好一点，他爱惜她，尤其这次难产之后，那种怕失去的心情让他一回想都是后怕，甚至激出一身的冷汗。他用尽力气抱紧她，屏住呼吸的感受她仍真实地在他怀里，用此以换一阵心安:“我不能没有你，你知道吗？”

# 第7章

临近秋天的时候，一辆载着凯瑟琳的马车离开特纳的庄园向梅南山庄的方向驱驶，原本埃里克是坚持着要陪她一起去的，不知什么原因，她拗执着不愿意。

“亲爱的，如果可以的话，就让克里丝缇娜陪我去吧？”

凯瑟琳出发之前这样问丈夫，丈夫脸上实在藏不下不高兴的心情，闷闷不乐着，凯瑟琳又忍不住说，“她要照顾孩子们，我给弄忘记了。”

“不是，”埃里克抬头看看她，“不是，我只是想要自己陪你去，然后奇怪为什么你就是不愿意。”

“没有为什么，亲爱的，我只是这样想然后这样做，如果你仍觉得还是你陪我才妥当，那也就按你说的做吧。”听着凯瑟琳这样说，埃里克更多的是无可奈何，他怀疑她怎么将他的担心置之不理，但最后他还是默许了她的坚持，同时安排了克里丝缇娜同她前往，叮嘱克里丝缇娜照顾好他的凯瑟琳。

马车里凯瑟琳一直好沉默，除了刚开始问驾车的人需不需要她来引路之外，什么也没有再说，驾车的人笑笑，反问她不记得她第一次来特纳他也在队伍里？她只心不在焉的哦了一声，一副心事重重的样子。

“是不是太想那里了？”克里丝缇娜取悦地问她，她沉默了一小会，像犹豫什么或是在想着该说什么。

“也许，”她顿了顿，“在那里我没带走的东西实在太多了……”

其实，在特纳山庄的这些日子，凯瑟琳很是幸福，她看着眼前同她说笑的这个女人，心里有很多复杂的情感，她觉得这里每一个人都是那样淳朴自然，他们的世界确实就像小说里让人羡慕的乌托邦——安静而美好，但她自己不得不承认她始终没从心里真真正正的亲近这些人，这些与信任无关，只与寂寞有染。是的，确实，她就是不一样，与周边的每一个人都不一样，不像曾经的家，父亲，还有父亲从中国带来的苏可人，可人原籍何姓，被卖到他们家做婢后父亲给她改了名字，将她原姓氏“何”拆成了“可人”做名，这样也是想要她无论今后怎样也要记得自己的祖姓与祖宗。父亲，可人，他们有着和自己一样的肤色，也会说一样的汉语，所以凯瑟琳从不曾觉得寂寞过。而今，他们被抽离了她的世界，她有时都不清楚到底是这些寂寞诱使她想回家，还是想回家的情绪逼出了这些寂寞的悲伤？

“其实……”当两个女人聊到最贴心的时候，凯瑟琳好奇地问起克里丝缇娜没嫁人的原因，克里丝缇娜明显惊诧了一刻，思索了一会，然后告诉了凯瑟琳一个秘密："其实，这些怎么能够告诉你呢？但今天却又这样想要向你吐露心扉，没有嫁人只是因为我想嫁的那个人我嫁不了他，渐渐我想只要默默陪着他就好，别的，我还能做些什么呢？"

"是谁呢……"凯瑟琳刚问出嘴边就顿然猜到了克里丝缇娜所说的这个人，听着她都到了嘴边又咽下去的话语，克里丝缇娜淡然的笑笑肯定了她的猜测。

"所以，你有多幸福，我比谁都清楚！"克里丝缇娜终生可望而不可及的幻想在凯瑟琳身上得到最美的演绎，她却不嫉妒，她心底深知那些她想做却永远无法做到的事只有凯瑟琳才能做到，其中包括让埃里克幸福，只要这些就足够了，真的，默默爱着埃里克且知道他是幸福的就已足够了。确实，她的确只是一个普通的女人，也有曾经憎恨自己为什么得不到的时候，但对他的爱怎么允许自己被偶尔的小邪恶玷污了呢？从第一次看到他驮着她回家的情景，克里丝缇娜就明白无论夕阳再怎么美，也与自己无关，她想让他幸福，就只有一个劲对他好，对他爱的人好。

凯瑟琳还是有点吃惊，她们相互沉默了好久，她也不能像给予别人建议那样去梳理克里丝缇娜的爱情与未婚的原因，她觉得有点尴尬，时间也在此刻过得好慢，她变得不能理解克里丝缇娜怎么还能对她那样好，至少自己也会有过小自私：那样子的成全真的也难做到，一丝丝难免的紧张出现在脑海里：这些好背后有没有私欲或是私谋呢？但她宁愿相信她是真的善良，也因为她实在找不出克里丝缇娜任何的居心，她对她那样好，处处都出之真诚，这些她都能体会到。

“我想……我也有着这样一个可以回忆的秘密，我也想要告诉你，”凯瑟琳在那小段停顿后轻轻地述说出一段往事，她也已经好久没有向谁吐露自己心里纠结记忆的点滴。

“我有着一个青梅竹马的爱人，年少的时候，他给了我无穷尽的欢乐，我原本真的以为我就是他的，他也仅属于我。我们那些幼稚而又憧憬的年岁里，谁也猜不透未来会发生什么，也不在乎未来会如何，在一起就是件很美的事情，只求简单的追求着及时行乐……”

“后来呢？”

“后来，没有后来，就是有，也是没有他的后来，我们怎么可能在一起呢？”

说到这里，凯瑟琳抬头看着克里丝缇娜迎来的目光笑笑，眼里泛着亮光，是泪水在里面打转，“他只是父亲船上在一个意外身亡的船员留下的遗孤，父亲把他带回家抚养，我们一起长大，但我们始终真实存在的身份悬殊，你说我们怎么可能在一起并得到家庭的允许呢？但当时就是已经冲昏了头脑，我们想在一起，我们要在一起！于是，我们约定在一个傍晚私奔，起初我还为这蠢蠢欲动的计划而热情高涨，从今以后不会再和他分开了，也无需再去担心回避些什么……只是，后来渐渐冷却下来的我理智的想想此前的所有却动摇了，开始变得犹豫不决，我真的无法确定爱情可以让我放弃些什么，我是自私的，我还是做不到为了他去舍弃我当时拥有的现实一切，最后，我没赴约，而他也是在那晚之后失去了踪影，没人知道他去了哪里，我也不知道他还会不会回来……”

凯瑟琳泪水已经挂满了脸颊，声音也变得哽咽，手背轻轻抹去脸颊点点的伤心，缓了一口气，换了语气微笑着假装没事的样子继续说：“我很内疚，之后一直一直很内疚，但始终也未后悔，仅仅无知年少的一段往事，兴许不是爱情！我时常还是会问自己：如果当时的情感也如同现在我对埃里克的一样，那么我会不会在最后的那晚面对约定退缩呢？虽然我还是没有肯定的答案，但我想，我还是会和埃里克一起走，就像一年前随他来到这里一样，我还是会选择和他在一起，尽管什么都不确定，我都会赌一把。”

克里丝缇娜听着沉思着，仿佛想了好一阵子才说了这样一句话：“请你一定要爱他，请你……求你，求求你……一定要好好爱他！”

“嗯！”

凯瑟琳轻声应了她。为什么不让埃里克陪护着前往？克里丝缇娜听说这个故事之后也就不再重复问这个问题了，所谓的答案就是这个秘密吧，凯瑟琳也有难言之隐，既然逝去就逝去了，她只求埃里克幸福，能拥有凯瑟琳的埃里克就是幸福的，那么，请你一定要好好爱他，克里丝缇娜心里一遍一遍的祈祷……

此时天气骤然阴沉下来，正午的阳光被弥漫而来的乌云遮去，马车路过的田野灰黄一片，心情有点压抑，耳边只有微风的歌唱，车轴颠簸的声响将这一切衬得更安静了。

如果不是乌云密布天际，或许到达目的地的时候她们刚刚可以看到夕阳西下的美丽傍晚。

“今晚恐怕会下雨！”赶马的人看看天空满是厚厚积着雨水的云彩，预想着天气的变化有点突然。

“没关系，我想家里不至于不可以住人，也难说还有人住着。”凯瑟琳下了马车边说边看着如此熟悉的院落，想念了很久的房子，心里有些奇怪的情绪，自己是怎么了？已经来到了这里，却又如此害怕走进去，是害怕里面空无一人，还是害怕还有谁仍等待着一个个离开的主人某天的返回？难说开门还会见到父亲，嗯，难说。

她拿出了那把沉睡了很久的钥匙，颤抖着将它送进匙空，扶着门闩的手不经意一用力，门根本就没锁！

门吱咯作响的敞开了，屋里已不是她离开时的样子。

但是……可人！

“可人！”

凯瑟琳激动的看见屋里有人住着，而且！而且是她的可人！苏可人也看见了她，手里的小锄一下摔落在地，嘴唇急抖着，想说什么却突然失了声，只是上前抱住了她，在她肩上卷曲着委屈地大哭了起来。

接下来发生的事就同所有小说里主人公久别重逢的喜剧情节一样老套：惊喜、责怪、抱怨、激动、眼泪相融……你去了哪里，你为什么不回来，你还过得好吗……太多太多一年的未知，她们都想立即告诉对方：不见彼此的这些日子里各自身上都发生了什么……

“小姐，”用过简单的晚餐，安顿好疲惫不堪早想休息的克里丝缇娜和另外两个随同的人，激动还未得到平息的可人明显还没一丝睡意，从外抱了一大抱秋木往壁炉里添了些柴，拢了拢火，就像没分开前一样坐在凯瑟琳身边，“你究竟去了哪里？”

“先说说你吧，我离开的时候你不是去了乡下？怎么回到的梅南山庄？”

“以前帮厨的那个矮女人回了家，刚好也是我所在的那乡下，她告诉我直到她离开的时候老爷都还没有回来，家里已经揭不开锅很久了，不久前小姐也突然不见了，于是大家没了主意，商量了该散也就散了。我听了很担心，于是就回来了，回来的时候值钱的东西已经都给搬完了，我担心那些外乡人或流浪汉会住进来，也就没有再回去，你可不知道我在以前的花地里种了不少可以吃的东西，你进来的时候我刚从院子里回来，呵呵……吓得我锄都掉了……”

说到这里可人羞涩的笑了笑，壁炉里柴火在安静的燃烧，火光染红了她原本没什么血色的脸，她有些热，卡卡腰间的裙摆，这时，凯瑟琳突然看到了可人微拢的小腹不禁惊惑地问她：“你怀孕了？”

可人愣了愣，尴尬地笑着点点头，在红红焰火的影子里，她脸此时更红了，羞涩的表情想躲闪些什么，紧张得动动嘴想要解释些什么：“小姐，我……”

凯瑟琳并不急，只是静静地坐着，等她慢慢的回答。

“小姐，我……小姐，卡尔文，卡尔文回来了……”凯瑟琳刚刚还安然的表情听到这一句马上呆住了，她惊的不仅是他回来的消息，更有可人怀孕为什么首先提到的人会是他。她不敢往下想，她不愿意往下想。

“小姐，他一直等你，他说他等不到你，然后，然后……”

“然后你们在一起呢？”

可人低下头去想要躲开小姐的眼睛，不知该解释什么说些什么，

“可人，祝福你，卡尔文是个好男人，真的！”

可人听到这些更是不敢抬头，像做错事的孩子小心胆怯发出瑟瑟的声音：“他确实等你的，一直等着你，只是以为等不到了……”

“什么也别说了，可人，过去什么也没有发生过，不要提谁等过谁。”凯瑟琳打断了可人的话，有点哽咽也假装很无所顾忌，可是越冷静才越证明内心的不能平息。

此时火苗在壁炉里熊熊燃烧，仿佛随时要溅到外面来，红光在两个人脸上热烈地跳跃。她们不见的时日是太久了，久得都不晓得该从哪里说起对方不知道的事。在可人后来的述说里，凯瑟琳知道了卡尔文今夜恰巧在外面就诊所以还没回来，原来自那夜离开之后他就流落到了另一个城镇，在那里幸运的遇到了一个十分好心的医生，不仅收留了他，还教授了他医术，卡尔文很珍惜上天的恩赐，更是对老师满怀救命的感激，万分努力地拼命工作，而这些的背后支撑他的是天真的遐想：一直以为过些年月，等他可以养活她的时候，他就可以回去找她。结果，他回来了，她却不在了。

凯瑟琳心还是紧紧的绷着，她听着炉火烧得吱吱作响，对自己说还好，一切全是过去的云烟，如果事情不是这样子发展，也许会更糟糕，小小的遗憾就让它永远存在吧，不要累及其他人了，可人的角色

好无辜，她是该幸福的，要祝她幸福呀。

当可人知道凯瑟琳遇到埃里克之后的种种，不禁为小姐遇到一个可心的丈夫而替她真心的喜悦，也为自己同卡尔文的结合少了一丝对小姐的愧疚。她们聊得很久，直到准备了一夜的柴都烧尽，熄灭的烟灰冒着阵阵青烟，天已快明，都还能听到她们的说笑声……

卡尔文回来了，他看到了她，就在怀孕妻子的身边，他回不过神好一阵子，随后只剩平静的问："你还好吧？"

这些年一直梦牵魂绕的恋人，再次相遇时自己即将是其他女人孩子的父亲，他没有像可人那样想知道她去过什么地方做过什么事情，他只是想知道没有自己的日子里她过得好不好，曾日日夜夜千万次设计的见面，比及现在完全是瞎想，故意捉弄着人的现实就是那样不一样，怎么能够这样简单的问候，平淡不过的四个字就涵盖了过往的种种？

屋外还在下着雨，没有停歇的样子。刚刚还在说笑的笑容早僵在了脸上，凯瑟琳脑海空白了一刹那，最后还是大方的笑笑，昨夜听说他已回来的那一刻起，她就有了这一场景的准备，只是今天还是失态了，"还好……马马虎虎……挺好的。"

原来，心还是会很痛，他们两人都如此。

倾泻的雨浇了一天一夜，他们一行四人决定耽误上一天再赶回去。凯瑟琳躲在卧室里抱着克里丝缇娜伤心地哭了，积涨在内心的心疼得到了宣泄，克里丝缇娜大概猜到些什么，却什么也没有问，只静静陪着她难过，一切都过去了，一切都会好的。

卡尔文静静陪着自己的妻子，呆呆的一个人坐着，可人几次想说话却又欲言又止，作为同小姐关系最好的婢女，她当然清楚当年丈夫同小姐之间的纠葛，她知道曾经他有多爱她，是的，曾经！现在他是自己的丈夫，她不能失去他，她尽力想笼络他的心，如今还不确定究竟爱不爱自己的心。

午夜，大家都在一片静谧里沉沉睡去，明天就要回去特纳了，前夜没休息的凯瑟琳今夜还是合不了眼，卡尔文，卡尔文……这个名字在脑海里过往一遍又一遍，驱赶着睡眠，她异常清醒。她起身看着窗外的乌云已经消散，月光微微倾泻在院里，噢……借着这点朦胧的夜色她隐隐约约看到了院里有个人影，卡尔文！她确定！

想都没想，她连外袍都没拿就匆匆跑下去。在院里，他知道是她，一点也不意外，是她下来了，他仍不由自主急急走上前去，连忙脱下身上披着的大衣默默地披在了她的身上，手抱着她的肩膀没有再放下，想好好看看她，她也看着他的眼睛，眼泪夺眶而出，时间停留在了此刻，他想吻她，低下了头，片刻犹豫，只吻了她的额头，小心翼翼将她抱住，奢求了很久的温暖此刻竟是这样的凄凉。

凯瑟琳在他的肩头流着泪，仅剩一个劲抽泣什么话也说不出。

其实，凯瑟琳只以为自己背弃约定对不起卡尔文，根本就不知道那晚卡尔文也没有赴约。他要知恩图报，如果没有她父亲的抚养，他根本不能活下来，他是爱她的，而且很爱很爱，想和她在一起已经想到发疯发狂，但是不可以因为自己的私欲，就带走恩人最宝贝的女儿，可是面对爱人他又怎么能背信弃义？于是那晚他只能选择一个人悄悄出走，很单纯地想象有天闯出些名堂，好心的恩人是可以将女儿嫁给他的。有了寄托，受了不少罪，辛苦的几年也就挺过来了，直到满心揣着欢喜与忐忑回到这里，荒芜的庭院只见可人一个人后，才失望地听闻私奔那晚凯瑟琳根本也没有去，而他却独自背负了这么久的内疚。他等她，一直一直在等她，直到等不到！

他还是那样爱她，悄悄忍在心底地爱，尽管各自的伴侣已不是自己，尽管从今往后再不能以爱情的名义拥她在怀里，又能怎么样呢？已经不在乎那么多了。如果的话……根本没有如果。

黎明在东方引出了鱼肚般的白色鳞光，浑紫的颜色渐渐骤亮了天际，雨在昨天后半夜就已停息，今天她又要回去她如今的家。对持了一晚，他们什么也没有说，只是相互偎依着，说什么也没有用，过去已经过去。

# 第8章

当他们回到特纳的时候，埃里克脸上明显满是责备。

“怎么现在才回来？”

“主人，昨天外面下了很大的雨！”一个赶车的人连忙回答埃里克的责问。

“亲爱的。”车门开了，凯瑟琳柔柔地伸出右手，撒娇的这样叫着等着丈夫，埃里克接过她的手。

“你让我担心了！”虽然仍是责怪，但埃里克对妻子语气软和了许多，还在车里的克里丝缇娜勉强陪笑着，眉宇间隐约还是藏着点点心事。

这趟不长不短的旅程让凯瑟琳很疲惫，毕竟两宿没有好好休息，路途的奔波也只能偶尔小暇一会：真是太累了！于是天才刚黑了不久，她就已回房洗漱准备睡了。而埃里克这下更显得没事可干，楼层间他慢踱着来回，在一楼遇到了刚从西德房间出来准备回房的克里丝缇娜，“克里丝缇娜！”听到主人叫自己，克里丝缇娜停了下来。

“克里丝缇娜，向我说说。”

“先生，确实是雨，下得蛮大的，于是就耽误了一天。”回来的路上她就想过这个问题，她应该怎么回答呢?

“不，不是这个，凯瑟琳为什么不要我陪她去，你知道吗？”

“先生，太太担心你忙，还担心孩子们怪怨她总占有他们的父亲，说不清楚的这堆芝麻大的小忌讳，呵呵……这么关心你，她很爱你吧！”善良的克里丝缇娜将凯瑟琳亲口说的那段往事埋在了肚里，对主人善意的背叛让她藏住了一个或许会惹他伤心的秘密，这一藏她知道会是永远。听着克里丝缇娜的话，埃里克心里还是很高兴，他想再问问这次行程有什么闪失，问问那里还有没有人……

“山庄里仅还住着一对才新婚不久的年轻夫妇，是太太家原来的佣人，那女的是个真正的黄种人，哈哈……”她调侃着回应埃里克问及的这三天所有的遭遇，她知道他并非是不放心凯瑟琳隐瞒他什么，而是一种怕失去她的紧张感！从他的眼里透露的神色已将这些表露无遗，她羡慕他对她的爱……

“还有人？怎么不叫他们也回来？这总比那边好吧！而且凯瑟琳总打不起精神来，怎么不让他们一道回来，陪伴她也好呀？”

“太太问了，他们不愿意，原因……我就不知道啦。先生，你是不是忘了我也累了！”

埃里克才反应过来克里丝缇娜确实是应该早些休息了，笑着抱歉并道晚安一个人独自离开，心里还是很高兴的，因为刚刚克里丝缇娜那句不经意的她很爱你，其实，更确切是他更爱她吧。

至梅南山庄回来后，按道理埃里克原本听完克里丝缇娜的话就应该稍稍放下了心，但最近却发现凯瑟琳同以往不一样了，他不知道原因，只知道她比以前更悲伤。

那些看不见的悲伤像受了诅咒的藤萝，爬得满屋都是，缠住了他的凯瑟琳，更压得他喘不过气。

“我还想去那里看看”有天，凯瑟琳像平时一样安静地倦在卧室里的摇椅里看着窗外，丈夫刚进屋她就这样说。

“不是才回来，怎么又要去呢？”埃里克有点惊奇，口气也不似往日温柔，夹带着丝丝不乐意，但还是耐心的询问。

“不，我说的，是中国！”

“不可能！”

埃里克终于气愤了，他怎么想都想不明白她到底要想做什么，又为什么要这样做，他反对，他很反对，她才说出口就被他自己都无法控制的生气情绪给驳回。

“不，我要去，无论你允不允许！”凯瑟琳不再似悲伤得没力气的小羊羔，字字有力倔强地说。

“能不能告诉我到底发生了什么事？你要折腾到什么时候呢？”埃克里大步走过来一膝跪在椅子的面前，想用整个身体挡住她飘在窗外离散的目光，双手狠狠抱住她的双肩要她看着自己，第一次对她发着脾气大声的斥问，可她还是那幅冷冰冰的样子，从没见过如此大火气的他，她可怜兮兮的眼里倚着泪，但还是倔强地用上齿紧咬着下唇，粉嫩的唇色被咬到发青也没有回答。也许凯瑟琳自己也不知道答案。

埃里克到底是忍不住了，无论是什么样的好好先生，再大的耐心也受不了妻子最近这阵子的冷漠，直到她今天某种意义上的无理取闹。这短短的对话发生在一个温暖的午后，可是满满阳光带来的不是热烈的暖意，反而冰冻了她的热情，更寒冷了他的心，他们就如此僵持在了彼此的沉默里。

当汉普顿问克里丝缇娜有没有发现男女主人之间的不愉快时，这已经是他们冷战后的好几天。

后来，连西德都懂事的问父亲，母亲和你究竟怎么了？埃里克摸摸西德的小脸，一脸心事没有回答，微微的叹息也是几许无奈。

“克里丝缇娜，可不可以告诉我，你们究竟隐瞒了什么，让凯瑟琳回来就变成了这个样子？”埃里克一直在找原因，却怎么也找不到，这时他才发现自己对妻子——这个自己深爱的人知道的事少之又少，他知道的仅是她居住的梅南山庄，仅是她有个中国经商的父亲苏展莫，仅是她微妙的贵族身世……他愕然对她的心自己是一无所知：曾经在那里面发生过什么，装载了什么？而今又发生了什么，容纳了什么？他什么都不知道。

克里丝缇娜说我们什么也没有隐瞒，她这样保证着。但她还是吐露了她可以隐约猜测的事实：“只是，只是……真的，她心里真的藏着许多事，许多我们走不进去，她也走不出来的事！”

“什么时候去？”这是他们半个月以来的第一句话。在花园里，凯瑟琳一个人在角落的铜秋千上抱着心事发呆，埃里克轻声问着她。她突然听到身后的他这样子问，像触了电一样敏感的转过身，脸上洋溢着好久他没有看见的兴奋：“你允许了？”

“打算什么时候去？”埃里克重复着刚刚那个问题。

“最近！不……是尽快！”看着她回答得迫不及待，都不试着去掩饰赤裸裸表现出来的愉快，埃里克更加伤心的感到怎么可能阻止她呢？他太宠她了，好像已经宠坏了，任由她的倔强忽略着自己的无奈，尽量满足她，他妥协了：“我去帮你安排吧。”

凯瑟琳满足了，她再不是那个吞吐着小水泡郁郁寡欢的小鱼，换作了枝头愉跃的鸟儿，叽叽喳喳欢笑个不行。这一刻一点不像已经为人母亲的女人的样子，也没有大家闺秀的气质。

接下来，凯瑟琳开始筹备这次大胆的旅程，她得先去找当地父亲以前商队的老伙计，还要打点些渡口的商人，看看谁的船能走东洋，而且能够搭她一块前往……最后，她想谁陪自己去呢？是呀，怎么忽略了这个问题，有谁能陪我去？

她想到了特纳首领的丈夫，不可能，照顾孩子的克里丝缇娜？也不行，已有身孕的可人？不可以，那么，还能有谁……卡尔文！她想起了他。

其实，自回到特纳庄园那天起，她觉得自己更寂寞了，想起那晚壁炉前可人怀孕的小腹隆起衣裙的弧度，想起那晚月下卡尔文同样带着伤感的呼吸，想起她要他们一起回来两人异口同声的婉言拒绝，想起这些，她更想起了当年在梅南山庄无忧无虑的时光，还有那个只啼哭了一声就夭折的男孩……她就是孤单，遏止不住的悲伤。

于是悲伤着、悲伤着就容易有了些过分的奢求，奢求自己暂时得不到或是很难得到的东西，比如回中国。她不仅是想，渐渐有点渴望，很渴望知道父亲在那里过着什么样的生活，怎么现在还没有回返，也愿意见见那个父亲的原配夫人，还有他们的儿子——她的哥哥苏宝隽——她的亲人们。

埃里克给了她很大的物资支持，筹备了很多细致到她自己都没有考虑到的东西，然后她又回去了梅南山庄，与卡尔文说了这些大胆的想法，更重要的是她想要他陪她去，是不是很自私呢？她也问过自己，卡尔文犹豫了很久很久，“等可人把孩子生下来吧。”

于是，就等可人把孩子生下来吧。

对于丈夫和卡尔文，还有可人与克里丝缇娜等等这些人，凯瑟琳心里满是感激的，尽管她什么道谢的话也没有说，也许，言语已不能表达她的感激，只有默默记在心底。

之后的日子，她就像刚刚嫁到这里时一样，精神饱满，整天有着用不完的精力说笑调侃，大家都忘了不久前有个整日忧郁成疾的凯瑟琳。可是埃里克心里的沉重却愈加严重了，不久后她就要离开他，那样许多事就变得不能如人所愿，他怕失去她，这种危机感一刻比一刻强，他想随妻子一同去，但谁都知道他是特纳的首领，丢弃下这里的一切，怎么可以呢？

可人的孩子呱呱落地，可人也想能一起回那个故里看看多年未见闻的亲人，但怀里还躺着小猫似的离不开母亲哺乳的小女婴，她哪也去不了，她那么的不愿意丈夫离开自己，她也在心里埋怨过小姐的自私，更担心分离，小家子气的胡思乱想让原本就不简单的旅程更使得她放不下心，虽然凯瑟琳小姐一直只认为老爷是在故居那个温柔乡里舍不得回返，但在可人心里她更相信是在海上遇到了什么不测而失去了消息，至于这些想法她曾经是不可以说出来的，就包括如今这样乱无天日的担心她也不可以说出来，自己是阻止不了丈夫的，她懂他心里那丝一直隐藏却从未消退的对凯瑟琳的爱会让他义无反顾，那么也只有自己苦苦吞咽这些一万个不情愿，祝十万个祈愿他们一路平安，早日回返。

离出发的日程越来越近了，这天夜里，特纳的村落同往常一样，笼罩在静谧而安慈的朦胧黑色中，等待着马上就要到来的天明，屋里他们温存着彼此的身体，要着对方一遍又一遍……凯瑟琳知道丈夫心里积怨了许多她对他的伤害，自己也猜测以后还能不能像今晚这样给他温暖的体温一同释意的欢乐……睡前忘记关上的窗口透着风，飞舞着帘子，埃里克胸前枕着她，食指缠绕着她乌黑的发丝，阵阵凉意，一种想哭的情愫压得他心口很痛……

“我等你回来，无论几个月还是几年！”他淡淡的语气这样沉沉地说着，她没出声，随后是一阵悄声的抽泣，她的心也是痛的，但哪怕她的心已痛得要死她还是不会放弃。他无比害怕明天会带走他的凯瑟琳，村庄还在静静等待黎明的晖色开启一天的时刻，他却抱着她的身边，情愿时间停留在短暂的夜媚里，抱着她永远永远地睡去……

“我说我会等你！”埃里克重复了一遍，这次不是说给她，是说给自己，他食指挽起了她的发丝，温柔地端起她的脸庞。

“我一定会回来，我知道你在等我！”凯瑟琳满脸湿漉的痕迹哽咽着承诺她的返还，这一句也能安抚他这一刻的心安。黑暗里，埃里克又重重地吻了下去，努力给今后留下这些甜蜜私属的念想，多一点，多一点，再多一点……身体又是缠绕在一起，不够，不够，还是不够……

# 第9章

1573年，威廉·布尔发表了《论海上霸权》一书，指出航海从英国到中国的五条可能途径：

① 葡萄牙人专有的航道：取道好望角。

② 西班牙人专有的通道：麦哲伦海峡。

③ 通往北美的西北航道。

④ 通往俄罗斯的东北航道。

⑤ 通往北极的北极航路。

而载着凯瑟琳的商船从英吉利海峡南下，向东沿着非洲海岸到达好望角，然后进入印度洋，绕过印度……这次大约历时8个多月的旅途最后穿过马六甲海峡来到了南中国海。

8个月前陪同凯瑟琳一同上船的除了卡尔文，还有另外一个人，凯瑟琳曾经努力寻到了她能找到的所有老伙计，却没人愿意陪同如此耗时和耗精力的长途旅行，在他们眼里甚至可以说这完全是冒险，就算凯瑟琳出了高价钱，大家仍是歉意的摇摇头。神父德克斯特·巴恩斯听闻这个消息后自己找到了凯瑟琳，同时表示很乐意同她一起前往中国——这个他前半生曾到过一次的国都。

一路走来还算顺利，甲板上除了一望无际的海水，便只有海风吹来空荡的回响，由此凯瑟琳有了更多无法打发的时间，所以，这个无事可做的女人对埃里克的思念变得一天比一天迫切，要比想象中的严重得多得多。她记得才上船不久卡尔文从里层的衣服袋子里无意掏出一叠纸页，惊喜地发现是可人在他临走前悄悄塞进去的给丈夫的信，看着卡尔文欣喜若狂的高兴样子，凯瑟琳想我压在银蜡台下的信他是否也看到，看到的时候也会像眼前这个男人一样可以读上一遍两遍三遍……千万遍吗？

亲爱的埃里克：

我的爱人，我如此的内疚，还有抱歉，请求你能原谅我，就在我走之后，当你看到这些诸如此类的时候。

我是那样丢弃不了你给的爱情，以至于现在写着写着却又哭了，你说你会等我回来，我说我一定会回来，我是一定要回来的，因为每每想到倘若我不回来你会忘了我和其他女人共枕同眠，我的心就像被毒蛇深咬一口，那种痛，或许你会明白，撕心裂肺，也刻骨铭心。

可我还是担心，这趟出走也会像我一去不返的父亲那样，我们又该怎么办？我有千言万语，此生未能与你说完，但纵然此刻笔下能全部写尽，我却也不知为何，想写的什么也写不下来。

我爱你，我爱你，我是如此的爱你……

即使什么也说不了，心里始终还是重复这一句。

记得在梅南山庄外的相遇，我相信那是我一生最美的风景，不为其他，仅为那天遇到的人是你。

亲爱，我走之前的这一年，我知道你总是心事重重，你是不是也在担心失去我？你总会被梦魇惊醒，还总会看看身旁还在熟睡的我，偶尔触碰着我的额头的发梢，又那样小心翼翼害怕弄醒我的美梦，可你一定不知道当你转过身，我能听到你那细细的叹息，我也没睡，彻夜彻夜的醒着……

埃里克送走凯瑟琳回来那天就发现了这封压在蜡台下的信，读到此他模糊了视野，我怎么会不知道这些呢？我的凯瑟琳，我会一直等你，一直等到我失去了生命……

凯瑟琳顺利抵达了中国广州，几经周折最终还是找到了父亲在这里的府邸——是幢当地大富人家特有的院落：华丽的琉璃瓦砖，气派整齐的大圆木柱，门廊上细致的雕刻着各式花草鸟兽的图案，“苏府”两个耀眼汉字的黑漆大匾，还有朱红漆水的方正大门……此情此景，凯瑟琳心里一阵复杂的情绪：这里按理也是她的家，每看一眼，都是第一眼每跨一步都是第一步的陌生的家。

当看门的小厮惊讶着跑着去通报老爷和老太太时，已经是苏府老爷的苏宝隽连忙迎了出来，他听父亲提及的妹妹就这样意外而突然地出现在这样一个平常的下午，敲开了自家的大门，对于这个家庭是件不小的喜事，消息马上就在府上炸开了锅。

确实是到家了，凯瑟琳也感觉到这处在东方的大家庭对她的热情，甚至他们只是片刻的怀疑就确定了她的身份，接纳了她的到来，毕竟也是同胞兄妹，尽管她有着欧洲的血统，但她与苏宝隽的棱角还是那样的相像，就连父亲的原配夫人苏周氏都这样笑说着。苏周氏虽然已经年过半百，身体却仍硬朗，体态与凯瑟琳先前想象也大致相同：整齐讲究的着装，优雅华贵的容貌，名门的出身，让她气质非同寻常，在这个大家庭里是一个说话很有分量的老太太；哥哥苏宝隽很像父亲，器宇轩昂的气度简直就是一摸一样，听他说膝下已添有一双儿女；刚闻讯出来的少夫人是怀胎五个月的嫂嫂，出落得珠圆玉润，一双东方独具的丹凤眼笑起来透着些许灵气，虽说怀有身孕，却根本没遮盖她的妖娆……

凯瑟琳一一见过苏家一大家子人并行礼，就是不见父亲。凯瑟琳忍不住问哥哥："父亲呢？我想见父亲！"

凯瑟琳的话音不仅没人回应，反而刚刚还喧闹如集市的大厅堂随即一片死寂，苏家上上下下没人说话，佣人更是胆怯的低头瞅着主人，还伺候着的动作收了回来。凯瑟琳意识到此时的沉默暗喻着一种不祥的兆头，她着急了，想要尽快得到这些人或某一人的回答，苏宝隽终于还是开口了："荷兰人不是处处排斥着中国商人，父亲商船遭到他们无理的扣押，那边发生了许多我们不知道的事情，总之那年回来后，父亲没能力再出海了，不久也就郁郁而终……"

“也就郁郁而终……”凯瑟琳是那么的不愿意相信哥哥说的话，那个让她和已故母亲日思夜想的人就这样说没就没了，堂屋里一边寂静，提及这件事满屋婆姨们都伤心得抹眼泪，无论是真心也好，假意也罢，总之在场没有人不是悲伤的。而凯瑟琳弱弱的坐到身后的高椅上，这个结局也被她在之前找父亲的路途上假想过，但她就是倔强的不相信，也许也是不愿意承认她深爱的父亲已不能再像幼时那样小心呵护着她吧。而现在，她更是怀念她的父亲了，积攒了几千个夜晚的思念就在这一瞬间倾泻。原来多少年的误会让她以为父亲遗弃了她们，事实上没有，父亲只是无能为力。她就像被人当头重创，大脑一片骤白。

现在就是这样没力气，连哭的力气都没有，悲伤已经歇斯底里。

凯瑟琳在广州的日子一呆就是一年，她无时无刻不在想念着她那个远在欧洲的家：家里惹人喜欢的孩子、善良的克里丝缇娜、热心的汉普顿……是啊，最想念的还是她的埃里克，他现在在做什么呢？她托着腮帮总这样想象，就这样随着思路想象着，会想到自己回去时埃里克会是什么样子以及激动的神情……好幸福！她已经想到不能自持的笑出声来了，对呀，还有卡尔文，他离开的时候女儿才刚刚满月，现在也早该会叫卡尔文父亲了吧？可人会不会抱怨自己呢，抱怨自己带走了她的丈夫和孩子的父亲？是啊！我们是该回去啦！

其实早在刚来这里的时候，凯瑟琳就喜欢上了哥哥的小女儿——她那可爱的小侄女，那个叫“苏栀秀”的小古怪精灵女孩儿，小家伙也很喜欢自己的姑母，因为对自己过分宠爱的姑母藏有太多她好奇且渴望了解的事。凯瑟琳有意无意问了哥哥是否可以把栀秀带回欧洲，不可能！哥哥一家都是那样强烈的反对，栀秀是苏宝隽唯一的女儿，还是最小的那个，苏家的千金小姐简直就是他的掌上明珠，这事根本就没一点商量的余地。也因此，凯瑟琳一直拖着她们回去的归期，还是希望有个机会可以带走栀秀，这些也有出于她本身的小小自私，她总认为栀秀去了欧洲她也就不会再寂寞了。

今年夏天的时候，凯瑟琳盼啊盼，同时虚无缥缈的希望却就这样突然来了：小妮子不知道怎么得了一种怪病，苏家请了好多名医都医治不好，已是奄奄一息，老太太实在没有办法，就带着家里老少婆姨到佛寺里去吃斋念佛，可小家伙病还是不见好转，眼看是不能养活了，有天她母亲不知怎么就想起这样一桩子事，她在佛主前许愿，如果栀秀的病可以痊愈，她们就让她随她姑母远去罢。说来也怪，此后，栀秀的病还真的就这样一天比一天好起来。

舍不得，苏宝隽确实舍不得，他怎么舍得让最宠爱的女儿去那么遥远的国度，或许，一辈子就再也不能见面了，

“可是，老爷，天命如此，就应了吧！”

栀秀的母亲俨然已经哭红肿了双眼，但出生于那个年代的这个女人就是那样迷信且听任于命运的安排，栀秀有栀秀的命，在这里看似是养不活的，给她条活路。

“你看，我们至少还有小三儿不是？”

她拢拢襁褓，里面是正熟睡的他们才半岁的小女儿。

苏宝隽左手拳头重重敲在右手掌心里，久久哀叹了一声，也叹不

出一心满满的无奈……

于是，凯瑟琳确定了尽快返程的期限，苏梔秀也就随着姑母去那个对于她陌生的地方了。

这天，婆姨们踩着绣花旗袍下的一双裹在绣花鞋里的小脚也来送行，苏宝隽一直紧紧抱着梔秀，恨不能自己抱着她的手可以长嵌在女儿身上，他无法得知现在还在怀抱的宝贝前面是怎样的人生在等待着她，他舍不得。

“请一定要照顾好她！”

千万遍叮嘱都还不够，他不厌其烦地又多说一遍，凯瑟琳点头应允着，神情也舍不得，她知道此生与这些亲人的第一次相聚也可能就是最后一次，这一分离再相见已是遥遥无期。

船开了，一路上都没有哭的梔秀这才在姑母怀里看着岸上渐行渐远的父母亲同苏家那些熟悉的面孔放声大哭起来，她大喊着父亲，小手一个劲往岸上的方向猛拽一气，但怎么抓也抓不到，哭声导致涨红了小脸，眼泪飞溅到了海里……凯瑟琳只能拼命哄她，也禁不住同怀里的小可怜一起落下泪来，岸上苏宝隽也是撕心裂肺的痛，携着妻子抬抬手召唤着送行的一家老小转身离开了港口，不敢再看一眼，怕再看一眼心会真的被撕裂。

就这样，苏梔秀离开了她熟悉的家，踏上了她人生最重要的转折点。那年，她6岁。

# 第10章

"这是她走后的第几个夜晚？"

埃里克看着窗外，点燃了手里的香烟自言自语，烟灰缸今早才被整理房间的女仆打扫过，可现在又装满了燃过的烟头，它们的样子那么像他的心情：浑浑噩噩，糟糕透了！房间还是她走时的老样子，却找不到她的身影，衣柜里还摆放着她以前穿过的裙子和衣物，只是没有了那股她身上的气息……

窗外飘着细雨，不见月光，黑黑的夜色，蒙蒙的村庄，有几盏屋子里透出的灯光在夜色中很是美丽，然而这样妩媚的夜晚，怎么心里这么空洞？比以往更显空洞！

"她走了快有三年了吧？"

"是两年多了！"埃里克弹着烟灰，心里默默的想，如果她不回来呢？哦，不，她会回来的！但是怎么没一点消息？一定是不得以，对，不得以！

他就这样自问着怀疑，又这样否定着怀疑，凯瑟琳离开的这些日子确实是把这个男人折磨够了，埃里克想着想着自己都觉得有点可笑：一个血性的汉子一下子成了一个郁郁寡欢的诗人，哪里来的这些小情绪、胡思乱想、寝食难安……像暗涌袭来差点吞噬了自己的身体还有思想？全都是想她想她，没完没了的想她……渐渐责备自己当初不该放她走，甚至宁愿让她一辈子恨自己。

“看来这样的夜晚是没有一点睡意，是不是本身就是用来回忆的？”因为思念，让埃里克在今夜还想起了许多凯瑟琳以外有些过去的事，比如关于自己祖先先踪的事：像个魔咒一样的教诲在这个家族生着根，不能见光的在一代又一代间相传，关系到这个家族的一路走来的生死存亡，也是这个家族的傲骨、铮骨！那是一段怎样的年岁啊！

时光拉至那场让多少英国人难忘的斗争：1640～1660年间的资产阶级革命，清教徒们推翻了君主专制，1649年1月30日的伦敦，国王查理一世被送上了断头台，从此主教制也随之被废除……埃里克的祖父正身处这次天翻地覆的血腥中，在此以前他也是位皇室出色的将军，随同皇家军保护着国王以及国王政权下的国家，但世事的多变，时政的动荡，1645年6月14日，议会军和皇家军在英格兰中部的纳斯比村附近展开了决战。克伦威尔的“铁骑军”以迅雷不及掩耳之势冲破了皇家军阵地。皇家军几乎全军覆没，幸免于难却深受重创的他被一位马斯顿草原上好心的约克人救了，此后忠于查理一世的他在乡间秘密准备着帮助主人复辟，结果换来的却是议会组成的高等法院对国王的审判……从此，他只有在欧洲西部这片荒无人烟的地方隐姓埋名定居了下来，创建了现在的“特纳”。

从埃里克记忆储存的开始，父亲就教导他特纳家的精神：忠诚勇敢。他还要接着把这些精神传给他的西德、托德……子子孙孙、世世代代……记得从小到大每每看着客厅里挂着的那幅祖父安详的肖像，就会让他肃然起敬，自己没能在祖父在世的时候出生，没能与这位即像祖孙又像朋友的将军交谈相处是件多么让人抱憾的事啊！

对呀，还有我的凯瑟琳，如果……也是一件多么让人抱憾的事！

“差不多，还是睡吧。”埃里克掐灭了手里还剩半支的烟，决定还是睡了，只有睡着，才会好些，至少可以停止想好多东西。

而此刻的凯瑟琳刚刚哄完侄女睡着，一个人来到了甲板上，她有个小本子，计算着出海的日程，看样子回返的时日恐怕不能像去时那样八个月就能到达了，毕竟此刻，归心似箭。

空旷的黑夜里埋藏着很多星星，一颗，两颗，三颗……有些密密连在了一起汇成一个巨大的漩涡，莫名为什么它们汇出的图案就像——不，不是就像，简直就是埃里克微笑的脸庞，她陶醉的看着，冲着“他”微笑，

“亲爱，我们应该很快就能见面了！”凯瑟琳笑容绽放在她脸上，关于他的种种思念席卷着她的所有，心神不宁，只为想他，眼下快一千个日日夜夜的思念，终于有了快释放的时候，可是为什么越是快要见到思念的人了却变得更等不及了呢?

白天，凯瑟琳努力地教着栀秀英文，她不停重复着“姑父”这个

单词，想这也是给埃里克的一个惊喜，接着她又想起了自己刚出生就夭折的儿子，还有没见上最后一面就仙逝的父亲，不禁由此心伤得一阵子钻心的痛。伴着海风的吹染，眼角的泪也在冰冻着她的脸庞，她伸手捂住脸庞未干的泪，深深地呼吸了一口气，还好，一切随着商船的停靠，回到家就会结束了。

她有勇气开始另一种新的生活的——很自信的那种，看她带着泪珠会心的笑，就会明白。

# 第11章

就这样，三年的时光悄然而去，恍然而逝，无论这些日子对于有些人或匆匆或难熬都已流逝，整个特纳庄园又恢复了以往的平静，关于新夫人一去不回的传闻流传了一阵子也已被忙碌的农事埋在了人们的脑后，仿佛凯瑟琳像一个童话，一个属于埃里克的童话，让人还没爱够就强迫着戛然而止的童话。直到将来某个春末的时候，“凯瑟琳”这个名字终会像蔷薇粉末般吹了也就散了……

一个晴朗的下午，随着“叮叮”的马铃声，一辆急促的马车由山间小路奔驰而来，里面究竟坐着谁，来这里又是找谁？大家都在不约而同地猜测，目光跟随马车的去向好奇着，直到车夫在首领家门前缓缓慢下来。

汉普顿首先出来，这是管家的本分，他也在猜想是个什么样的客人，怎么没有同主人预约说起他的造访？边想边走着，当他看到马车里坐着谁时，一下子还显得慢悠悠的迎去脚步就变成转身欢跑回屋，嘴里已经语无伦次地结巴着："埃……埃里克，快，快……"

埃里克正在二楼书房，听到汉普顿急切的叫唤，立马起身向窗口看了一眼楼下的情况，这时像是意识到什么，一下子就往楼下冲了出去。

在一楼走廊遇到前来找他的汉普顿，顾不上顾看他，越过他直接冲到马车面前。

"是她，真是她！"

噢！那个熟悉的身影！好多人的好奇终于在一刹那释然了。埃里克站在了马车前面，像只木鸡呆在了那里，心里脑里也只重复这一句。马车门开了，还是那个可人儿，还是那诱人的美丽微笑，还是和以前一样优雅地伸出她芊芊细手，要他牵她下车："亲爱！"

他在马车前那短暂一刻的停驻压制了多大的爆发力？冲向马车没如同过去绅士般牵过她的手，只是一把紧紧地抱住入怀，双手交错在她背上，一只手激动得发抖，不停抚摸着她的头发，摸着她的脸庞，另一只手牢牢抱着她按在肩背上，鼻翼在她的颈后用力呼吸着有她汗香的空气，他抱不够，什么话也不能说，不知道能说什么或该说什么，只知这不能是梦，不能放手，放了还能不能再抱住她？不够，不够！她的脸庞倚在他的肩膀上哭了起来，三年了，三年了，我更爱你了，她哭着证明，不顾呼吸变得由于爱人的拥抱而艰难……

孩子们闻讯跑来，家佣也迎了出来，一大家子人都来到门前迎接三年没见的凯瑟琳。

"母亲，母亲……"托德小脸摩擦着父亲的衣角，拽着母亲的裙摆，不停地叫着凯瑟琳，凯瑟琳放开了丈夫的怀抱，俯下身紧紧抱住了两个孩子，不停在孩子额头一个又一个吻，热泪浸湿了她的脸还有孩子的脸。

“我想你们了！”凯瑟琳慈爱地看着两个孩子，停顿了下，想把三年没见的思念在这一刹那全弥补回来。

“好想好想你们！”说着又是拥抱，回家真好！凯瑟琳切实知道了回家真的好好，深爱的丈夫，可爱的孩子，当时怎么能舍弃他们去做自己所谓的“大事情”呢?

“我再不要离开你们了，再也不要！”她抬头对着丈夫说着，说给孩子，说给丈夫，更是说给自己，埃里克过来抱着他的三个宝贝，一家四口相拥融洽。

她的回来已是一个大惊喜了!

“噢噢……是我高兴坏了，差点给忘记了！”凯瑟琳突然停止了所有情感的宣泄，整理刚刚不小心弄凌乱的衣饰还有同样凌乱的思绪，埃里克正准备问妻子忘记了什么，还没等及他问，凯瑟琳已经起身打开开车门，向车里伸手，“来，出来！”

一个小女孩随着她的招呼探出小脑袋，胆怯的牵着凯瑟琳的手小巧的跳下车来，她紧紧拽着凯瑟琳的手，遇到那么多人的目光，她有点想躲。

“这是我哥哥的女儿——我们的侄女：栀秀·苏。”凯瑟琳用英文排名的方式把手里的小女孩介绍给了埃里克，又小心地对着小脸已经红到衣领的栀秀用中文说。

“栀秀，乖，叫uncle（姑父）。”

“姑父。”

“还有brother（哥哥）。”

“哥哥。”

这是一个怎样的惊喜呢，埃里克纳闷了一小会才反应过来，回应着栀秀礼貌的称呼，端详这个来自中国可爱的小姑娘：粗粗的黑辮子，偏黄却白皙的肤色，东方特有的大而水灵的丹凤眼，讨人喜欢的樱桃小嘴，同他的凯瑟琳有点相像的棱角，是一个美人胚子，他爱怜地摸摸她的小脑袋，重复着她的名字。

“栀秀……苏。”

“姑母，这是哪？”

被姑母牵着手带进庄园的栀秀看着自己从未见过的建筑，还有与家里完全不同的摆设，不由瑟瑟地问姑母。

姑母轻轻握紧她紧张得出细汗的小手：“你的家。”

# 第12章

“那个女人居然回来了！你听说了没有？”亨特太太刚进屋就气愤地冲着亨特先生说道。说起亨特夫妇，他们是埃里克的亡妻索尼娅的父母、西德同托德的外公外婆。今天得知凯瑟琳回来的消息，亨特太太不仅仅是有点气愤这么简单了，更多的是难以忍受吧，难受是因为她自己给自己挖掘的心魔：至凯瑟琳来到的那天起她就恨，她总觉得是因为这个女人的到来才注定了他们女儿的逝去，所有心中的愤愤不平都出之自以为是的迷信。刚一开始的时候仅是亨特太太这样，亨特先生还讨厌她小肚鸡肠的妇人抱怨以及喜欢说三道四的品行，可是后来也渐渐受了影响，像太太一样学会了唠唠叨叨，一起反感这个无辜而又陌生的凯瑟琳了。

亨特夫妇是地地道道的本地人，如果追述起他们姓氏的家史，那是很早之前的故事了，他们家族的祖先之一很早就已在这片土地上扎根，甚至可以说他们自己也追寻不出究竟是从哪个朝代开始先人就在这里生儿育女，世世代代就这样过着属于这里的生活，即没有经历过什么迁徙，也不曾听闻过太多外界政治的动荡，安安静静地生老病死，直到特纳家至此的逃亡才给这里带来大的改变，没见过什么大世面的本地人开始对山外的世界有了某种向往的情愫，甚至渴望起拥有市侩的机会可以助长他们庸俗的心理。也就是当初这样的雏形下，在这零星几户人家组成的小山村里，拥有着“首富”头衔的亨特小家庭才将自己的女儿索尼娅千方百计嫁进了特纳家，从某种意义上，这确实是个极好的筹码，满足了狭隘的乡下人攀比的得意心理。不过幸好，他们的女儿没有和他们一样的为人与追求，善良的姑娘出自真心的淳朴打动了自己的丈夫，对于他们两人这桩平稳而自足的婚姻，虽没大起大落的浪漫，也没有轰轰烈烈的爱情，却也很幸福。

只是可惜，小儿子的出生意外地带走了索尼娅的生命，做为特纳家未来主人的外婆，亨特太太对于女儿的死理智得居然并没有半点悲伤，反而凯瑟琳的到来却让她气恼得三天三夜卧床不起。

“不可以！绝对不可以！我得想办法不能让这个女人抢走原本属于我们的东西！”亨特太太睡觉时都在念叨着这一句，其实，她那么害怕凯瑟琳从她这里抢走的无非是她自己心魔里藏着的虚伪与虚荣，只有她自己在乎的虚幻的梦魇，她就这样莫名的生活在她自己算计给自己圈禁的牢笼中永生不得安宁。

天亮了，刺眼的阳光照射在亨特先生熟睡的眼睑上，打断了他的美梦，他下意识用手遮了遮眼前的光，挣开眼发现自家的窗户是开着的，他坐起身疲惫地捏捏鼻梁。

听闻丈夫伸着懒腰打着哈欠，亨特太太慌忙进了屋，看她的穿戴肯定是很早就起了床，“亲爱的，你醒了？”她激动地说着，脸上洋溢着诡异的笑容，兴奋得就像今早起床时窗外下过金子一样，她接着说：“亲爱的，我有办法啦！”然后小声地和丈夫商量：“我们去抱个女孩回来养活，然后嫁给我们的大孙子，这样的话……”

亨特太太已经兴奋得笑个不停，她又开始要乐观的生活了，她终于想出了“巩固”她的围城的办法，她又将掌控她想掌控的好多东西，这个女人终于被自己的这些私欲折磨得一门心思只专研这些事情。

就这样，亨特家的养孙女艾希娅·亨特在这一年被抱进了这对已年迈的老夫妇的家里。

同年，一起从中国返回的德克斯特·巴恩斯神父追随凯瑟琳来到了特纳部落定居，还有卡尔文一家也举家迁到了凯瑟琳今后要生活的地方，这些善良的人们都以圣洁的心的名义想静谧生活在这里，等待照顾，也等待被照顾。

小草黄了又绿，鲜花萎了又吐芳，就在凯瑟琳回到特纳家园的第二年，正春意浓烈的三月时候，凯瑟琳给这个幸福的家添了又一个小精灵：她和埃里克的爱情终于有了结晶——他们的女儿呱呱落地了。

苏青瓷，凯瑟琳给女儿取了一个中国色彩的名字，这个名字有诸多含义，青瓷是故国最美的物品，她希望女儿可以从记事起就能意识到自己有着东方国度高贵的血统——让人骄傲而又自豪的血脉；更希望女儿的成长也是一件瓷胚的历练——不尽的雕琢、烈火的烘焙，成器的时候是那么的单纯、美丽而又高傲。

显然她是一个还没有出生就已受到了万千祝福的宝贝，当她出生时，更是给这里每一个爱她的人带来了幸福与希望……

只是也有不欢迎或厌恶青瓷降生的人，比如亨特太太就是其中之一。其实关于这类人的种种思维有时让正常的人弄不明白，除了那些浅薄的狭隘，他们怎么能够不顾及一点点亲情呢？就像老亨特夫妇，埃里克一家对待他们比索尼娅活着的时候还要好，给予的经济只有更充裕，可为什么他们打心里就是容不下自己亲人的幸福，还要不择手段千方百计地算计，烦恼不该烦恼的好事，幸灾乐祸不该幸灾乐祸的坏事？

# 第13章

时光仿佛就此停住，只是安静地做了一次幸福的祈祷。故事里所有的人都生活在没有丝毫风浪的安逸里，一跃便是12年，12年的生活舒服而又简单，让人都淡忘了时间还在流逝。

然而就在这段什么也没发生的时间里，却也可以发生任何事情，至少，为后来的某些不安做着筹谋的话，12年，这段年岁足以将主人翁推到风口浪尖。

那么，这12年间在特纳家园又变化了什么?

富裕的首领为自己当年不完美的婚礼想成全爱人心里小小遗憾的情节，在巴恩斯神父的帮助下，经几年的努力后，一座小却豪华的教堂屹立在了绿茵的草地里，显眼更耀眼！只是可惜，当年那个最想走进这圣堂的新娘却没来得及，于是促成渴望想让她的孩子可以。

而当年的那些可爱美丽的少年们成了俊朗的小伙，点点透着成熟赋予他们更多的资本，而那个从马车上下来的叫苏的女孩也更是羞涩且讨人喜欢了。在这个村庄里悄悄长大的这些女孩中，青瓷是那样幸运的继承了母亲惊艳的美貌，出落得相当漂亮，年轻赋予她的天资让她是这个地方最美的一朵。

其他，差不多还是老样子吧。但，还有值得一提的是或早些年也或这一年，或不知不觉也或后知后觉……26岁的西德与20岁的苏，恰巧？偶然？总之在马背上度过的少年年岁，有点一不小心又有点小心翼翼，悄悄的，他们相爱了！

爱情，爱情是什么呢？

在我们眼里：爱情，每一个人都有着自己不同的诠释和演绎。

一抹微笑，一滴眼泪。

一个眼神，一刻亲吻。

一丝期盼，一会着急。

一日想念，一夜难眠。

一点猜疑，一份不安。

一分付出，一毫占有。

一种妒忌，一世感激。

一切心疼，一切心疼。

这，就是爱情。

西德和苏同样如此，在他们眼里：爱情，可以顺理成章；爱情，可以妙不可言。

我们和所有相信爱情且向往幸福的人一样，多么希望天下有缘人都可以终成眷属，其中也包括对这对年轻的情侣由衷的祝福。

# 第14章

“艾希娅，艾希娅……”亨特太太的叫唤声覆盖她家的土地，叫着那个正骑马的女子：已经23岁的亨特家的养孙女艾希娅，亨特太太步态比起前些年显然有些笨拙了，小步子极快的用着她那可怜的细腿托着胖实的身体来到艾希娅的马前呵斥着：“要我告诉你几遍？下来！你是淑女，埃里克和那个女人今晚是要来的，你是不是不知道？”

艾希娅对于这个抚养她的人是有着一丝畏怕的，至少他们提供她的衣食住行，于是她急忙收敛着从马上跳下来回屋换上淑女的裙装，准备欢迎每周在今晚都会惯例来到家里的客人。在她心里不是对眼前老太婆的讨好，而是对凯瑟琳的讨好。这十几年的养育，艾希娅早已如亨特太太所愿，成功地复制了亨特太太所有的“优点”：贫穷碍于生计的种种天生的掠性。

可就是这样，艾希娅心里也藏着这样一个人，她想嫁给他。

不是因为亨特太太教唆她这个人拥着多少财富，你必须嫁给他，也不是因为这个人确实拥着太多财富，我必须嫁给他。在艾希娅最原始的感情里，剥去所有不是动机的动机，她是爱他的，真心爱他。

而这些，西德，你知不知道，这个人就是你？

“你们来了？！”亨特太太一脸阿谀的笑容假惺惺僵持在她皱巴巴的脸上，埃里克夫妇递过礼物礼貌地微笑着回应，就是一个这样的傍晚，没有一丝风的叹息，甜美的空气里散漫着爱意，却暗藏了一段这样的开始：亨特太太今晚终于捅破了这些年她一直间接提又直接没提的事情，她终于正式说出了她这些年一直处心积虑的想法——她要西德娶艾希娅！

这件事，埃里克和凯瑟琳早在几年前就在亨特太太看似玩笑的话语中听出了亨特家的这一打算，其实说实话，这桩婚姻，埃里克夫妇是没有什么异议的，当然，也从没一点赞许的意思。亨特太太自认为这比起当年让独生女嫁入特纳家，显然是她更完美的计划，她从不在乎她的打算被施者是什么样的想法，她只在意自己的安排最终一定要成为现实，她要所有人面对和尊重她布控的一切，她计划的事情应该是一个不能更变的法则，没有一丝一毫的余地。就像今天一样，曾经的女婿现在可以不答应，但迟早她也可以让他们答应，不择手段，这是亨特太太一贯的手法。所以，在她心里早就险恶地盘算着：埃里克，你们还是达成我愿吧。

首先，特纳家还是有所顾虑的，毕竟，亨特夫妇的为人确实是让人失望透了，但埃里克知道自己的前妻却和她父母是截然相反的人，没有一丝伪装的善良，索尼娅是真的贤惠，这是无可厚非的事实；其次，凯瑟琳始终有点介意艾希娅是抱养的，但亨特太太始终强调艾希娅是她们城里富有亲戚家的孩子这一清白身世，埃里克也从未对此产生过怀疑；最后，艾希娅蓄意的讨好虽然他们不喜欢，却也不反感。

埃里克的这些想法似乎很快奠基出了结果，亨特家这场自导自演的计谋看似美好的开幕，对于埃里克则是种不疼不痒的选择，而对于不知情的西德就是一场醒不过来的噩梦。

就这样，出于种种或多或少的顾虑，也出于对索尼娅这个名字似有非有的一点情愫，在亲情面前，有时人总不能理性主观地做出正确的判断，最终，埃里克还是答应了亨特太太。他认为当初他父亲擅自为他订的婚姻，事后他本人是没反对的，婚姻也不是不幸福，但他忘记了那时的他还没遇到凯瑟琳，还有，现在的西德是他的儿子，不是当年的他。

心满意足的亨特太太今晚兴奋得彻夜难眠吗？恰恰相反，今晚的她睡得出奇的好，睡前嘴角的欢笑一直翘到了天亮。这么多年的一桩策划终于如其所愿了，她好累，算计了几千个日日夜夜，怎么从未发现今晚的夜这么安静，星星原来也可以这么美？是的，她真的是好累，然后需要好好休息一下，休息后可以更好的筹备下一个不安分的想法，她见不得别人幸福，特别是这些无辜善良的亲人的幸福，她觉得像尖刀穿刺她的肋骨——上帝创造人的时候难免会有不完美的疏忽。

西德要娶艾希娅，这一消息在埃里克夫妇从亨特家回来后的第二天就插着翅膀飞撒到了每一个小角落里，凯瑟琳早上醒来才走出卧室就是不同的祝贺与恭喜，她奇怪地问丈夫：“你怎么可以这么快就让这么多人知道呢？”埃里克也是一头雾水。

“消息是今早从亨特家传来的！”早餐前，克里丝缇娜这样告诉了主人。

哦！原来是亨特家等不及发布喜讯了吧！不然怎么这么快就公布于众了呢？埃里克潜意识隐隐有点怀疑自己昨天答应的这件事是对的吗？不过这个念头一闪而过，也就随即消失了。

# 第15章

正是往常早餐的时间，今天最意外的是西德和苏都没有来，原本父母还准备把昨晚的这件事就此告诉大家，但现在孩子们的位置却只坐着托德和青瓷，另外两条椅子是空着的。

“哥哥呢？”凯瑟琳一边取着食物一边询问小儿子。

托德支支吾吾的半天不愿意说话，凯瑟琳看了一眼克里丝缇娜和汉普顿，心里打了一个小疙瘩，又转过头想问小女儿，刚开口，声音还没来得及出喉咙，青瓷就小声回应道：“苏在房里，西德也在！”

凯瑟琳又看了一眼克里丝缇娜，隐约读出了一丝不安的内容，又看了看身旁的丈夫，埃里克不约而同地看了妻子一眼，语气有些沉重又不以为然淡淡地说：“那么，今天就我们吃早餐吧。”

“夫人！”等大家都吃完了早餐，克里丝缇娜一个人悄悄找到了凯瑟琳。

“哦，克里丝缇娜，我也正想找你，我……”

似乎有什么事让克里丝缇娜很着急，眼神从早晨就开始心神不宁，如今已经含住了泪花，她打断了凯瑟琳的话，直接问到："亨特家传来的消息是真的了，对吗？"

凯瑟琳想支吾着回答一声或是点点头回应，但不知是一种怎样的情绪让她突然有着不知所措的感觉，或许是克里丝缇娜的质问有点大事不妙的兆头。

"你和先生可是西德的父母呀！"克里丝缇娜泪珠已经挤出了眼眶，她一生的爱情换做了一生的心血与无私全部灌注在了埃里克的孩子身上，同样的也灌注给了苏。她今早和往常一样祈祷着美好愿望起床，精力充沛地工作，然后在厨房里听闻到挤牛奶回来的女佣传说着从亨特家传来的消息，她当时一下子就懵了，慌忙放下手中的事物匆忙跑去孩子的房间，西德坐在那里静静看着窗外，显然他已经听闻了。她的心疼——是以一个母亲的名义而心疼。不然怎么现在泪水不自觉的只知道往外涌着，"大家都知道，你们应当也知道呀，你们怎么可以不知道呢？西德和苏是那样的相爱呀！"

凯瑟琳听闻这一句，手慌忙颤抖了一下，一点也不接受刚刚克里丝缇娜所说的每一句话，"怎么可能呢？不可能的！"。

"汉普顿都知道，青瓷也知道……"

"不，克里丝缇娜，你听我说，不可能的，去年苏生日的时候，托德还那样赤诚地告诉我'母亲，我爱她'。我一直以为喜欢着苏的就只有托德了，我和埃里克都说过希望西德可以尽快找个好姑娘，苏是我的宝，我要把她留在身边，还准备着等西德完婚就安排托德和苏的婚礼，我们一直以为西德和苏的亲密只是兄妹之间的无话不谈，我们……”凯瑟琳已经说不完以下的话了，她要去找丈夫，得赶快告诉他这早不是秘密的秘密，丢下了克里丝缇娜，她连忙去找埃里克去了。

“什么也别说了，我也知道了！”埃里克见到凯瑟琳慌忙的样子，刚刚汉普顿来找过他叙说了一切。

“那现在怎么办呢？”一夜之隔，怎么就成了一个如此棘手的难题，西德还没有为此来找过父亲，使得父亲更是不知道怎么去和西德说了，或者是不知道怎么去和亨特太太说，可是，做为一个首领，埃里克不能够言而无信，这已是所有人都知道他已答应的事实，他有他的威信，他有他的倔强，还有小儿子对苏那样赤城的热情，他又怎么能成全了一个又毁灭了另一个，两个都是他的儿子，他心爱的儿子们！所以，凯瑟琳问他怎么办，他也不明白了，是呀，该怎么办呢？

而西德和苏就这样在房间里呆坐着，相互陪着却不说一句话，静静思索着自己和彼此的未来，偶尔思绪也有回忆起许多美好的时光，一起长大的那些时候，以后也会将这些珍藏，不，不能珍藏！如果珍藏了就真的是回忆了！他们不要分开，他们相爱，不仅爱对方的容貌、对方的财富、对方的温柔、对方的美好，也不止为青梅竹马的日久深情，他们深爱着对方，甚至爱上了对方不知未来的苍老、贫瘠、残缺和懊恼，他们就是这样爱着，一个人的心长进了另一个人的胸膛。

此时，除了默契的不语，他们什么也没做，什么也不需要做。

# 第16章

埃里克想了许多之后，还是要找大儿子好好谈谈，其实他的心底也有着种种不安与愧疚，尽管始终要考虑自己的威信，但他更心疼自己的儿子，他后悔自己那样草率地答应了亨特太太，可当时亨特太太的咄咄逼人，他所能顾及得到的情绪也只是局限于自己没遇到凯瑟琳之前的种种。遇到凯瑟琳之后，他就想得到迫切的幸福，那样渴望的热烈激情，再想起早餐后汉普顿的那些责备，他的西德真叫他心疼了，如果他们确实是真心相爱的话，那么我的决定真的是错的。

当埃里克找不到西德时，他便去了苏的房间，那两个人已经在房间里沉默着坐了一天，见到此情此景，埃里克内心很不平静，那一刻，他就想到去亨特家反悔昨天的决定，但出于一个首领的威信，亲情的连系纠葛着他的内心，牵制着他的行动。

埃里克最后选择了悄悄一个人离开，没有去打扰这对相爱的恋人，已经无需去询问他们什么了，眼前这些情境足以回答做为父亲的角色能提出的所有问题，埃里克离开的时候心里已经有了新的决定，他不能为了一时的强韧毁了儿子和侄女的终生，这点是我们值得为西德和苏倍感庆幸的地方，万幸，作为首领的父亲埃里克思维还很清晰，取舍也很正确。

夜晚的蛐蛐声今夜里特别的响，还好，传到特纳庄园的主卧室窗前时，这寂静夜里的歌声不让人感受到一点沮丧。埃里克没宽衣洗漱仰面睡在大木床边，一只手臂压在头下一个劲地抽着烟，想着想着……想出了神。

“亲爱”，在窗边站了很久的凯瑟琳想了半天转过身，这样对丈夫说：“决定好了，不更改了，对吗？”

埃里克还是盯着什么都没有的天花板，左手的烟又狠狠抽了一口，侧过身将燃烧着的烟头在满满已是烟痂的烟灰缸里使劲转了一个圈，研灭了，“只有这样了！”无论埃里克做什么决定，凯瑟琳都言听计从，自她13年前渡洋归来，她就将自己完完全全依附在了埃里克的生命里，所以，埃里克有了决定，她亦有了答案，他们还是决定尽快去和亨特太太说抱歉的话，只是让亨特家白欢喜了一场……

见机行事，到时候又再说吧。

蛐蛐的歌唱了一晚，主人卧室透出的灯光浸在其中，没过多久也就黑了。

# 第17章

一遍又一遍的鸡鸣，村庄在黎明里一点一点明亮且渐渐清晰起来，早晨正雾蒙蒙地在山间清新地打了一个哈欠，今天天气真不错，早安，亲爱的村庄！

埃里克扣上衣领间最后一颗纽扣，看着正在拉窗帘的妻子微微一笑，昨晚的一觉睡得挺好，不然怎么较起难捱的昨天，现在倍感轻松。

那两个昨天的早餐就空着的位置今天也还是没有人，空荡荡的椅子，空落落的心情，是场无声的抗议。埃里克舒了舒眉头，潦草迎合了一遍大家投来的目光，还是那句淡淡却不沉重的话："那么，今天就我们吃早餐吧。"

饭毕，克里丝缇娜她们还在收拾早餐后的餐桌，这么早，家里就来了客人！

"是奥德里奇·裴坡将军！"管家汉普顿第一个在门口招呼了前

来的客人，听得出管家语气里有着许多惊喜，埃里克闻讯迎出了客厅。

“老伙计！”客人上前拥抱了埃里克，他们多久没联系了！

实在很意外，裴波将军的造访对埃里克是件意料之外的事，他们已经很久没联系了！

陪同裴波将军随行的人也被迎进了屋子，毕竟很久没见了，虽然男人们之间没有女子们故交再会时那么些多情善感的龙套，可兄弟之间的手足之情更有几多浓厚的感慨，趁他们还在长吁短叹着这些年来各自的屡屡不凡经历时，我们来说说这个裴波将军吧。

奥德里奇·裴波出生在一个锅炉工的家庭里，他是父母亲的第5个孩子，这样的家庭条件可见十分贫苦，但他却很幸运地有着一个开明难得的父亲，看着天资聪慧的儿子对学堂出奇的渴望，裴坡的父亲还是想尽一切办法将他送进了学堂，现在看来这是一个明智之举，也是改变奥德里奇命运最重要的转折点：青年的奥德里奇被应征入伍。入伍不久便在部队里崭露头角，他在军事方面表现出众人所不能及的才能，得到了上尉的赏识，随后他的人生便在顺其自然的理所应当不断被提拔，可谓是平步青云，并且，他率真的性格和与人和善的为人处事让他在政界不断地变动中保全着自己，且是那么的受人尊敬。

而结识埃里克却因一次棘手的黑市军火生意，不知内情的埃里克不幸被卷入其中。在此我们忽略掉那次事件详细的来龙去脉，只用清楚这场有点骇人的邂逅，就是他们相见恨晚的兄弟情谊的连结点。

“怎么才来看看我这‘土乡绅’呢？”一段温情叙旧后，埃里克心里明白友人今天的造访一定有着某种牵制的原因。

“怎么是你问我呢，老伙计？”裴波将军端起嘴边的茶水，听到主人这样问，匆匆抿了一口莫名的作答，“不是你前天夜里连夜叫你们亲戚赶到城镇告诉我的么？”埃里克更是一头雾水了，但没有打断裴波将军的话，“说你的大儿子要和亨特家的孙女娶嫁了！噢……对了，来送消息的人就是你差使来的亨特家的家佣！”

埃里克瞬间明白了，明白了裴波将军的话以及他到来的原因，更是明白了亨特家这样做的用意。这是他万万没有想到的，确实，一点都没想到。表面上埃里克笑应着裴波将军的话，表示自己的不周全，心里今早才刚刚得以拨云见日的心情又蒙上了遍天的乌色，越来越沉重了。

裴波将军在特纳只停留了一个早晨就因身上累赘的要务匆匆离开了，留下的是一马车厚重的贺礼，见过了被他唤做女神如今依然美丽的凯瑟琳和已经辨不出样子长大了的两个侄子，还有那个曾经的小不点——来自异国的苏——才12岁就像绝了她母亲亭亭玉立的倩影，最后，留下了一筹莫展的埃里克夫妇。

一夜又一夜，埃里克一家才发现知道这桩婚事的人已经越来越多了！

疲惫、沮丧还有难堪……

除了这些，还有些什么呢？

埃里克现在怎么办，他怎么想？

这股洪流已经冲上海滩，越滚越勇般逼近了埃里克，这样的处境让人畏惧，于是也已放弃了阻挡，阻挡的结果牵出事态的种种，更是首领家里所不能接受的。亨特家这场无声的叫嚣手段用得实在是极其高明。这是一个无奈的决定，也是一个周全的安排：西德还是要娶艾希娅的。

西德和苏已经连续好几天没在用餐时候出现了，都是克里丝缇娜安排仆人送到他们的屋里。围坐在餐桌边的人都只能互相看看彼此，这件事谁也不用明说了，每个人心里都有同样的问题，也会有着同样的答案。

坐在丈夫身边的凯瑟琳清晰地听到埃里克接连几声沉沉的叹息。“那么，今天就我们俩吃早餐吧。”凯瑟琳舀着汤，替丈夫说了这一句。

# 第18章

我该怎么办，我们该怎么办，西德问着自己，他已经预想了成千上万种方法，可是，全都不是办法。

“带我走吧！”苏用乞求的眼神恳切地说着。

西德低头看着怀里的苏，怜爱得更抱紧了些，脸颊靠在她的发丝间，吻了吻，他想带她走，很想带她走，去过那种不用考虑市侩只拥有爱情的日子，是的，有苏一个人就够了，可以的话，还有一堆属于他们的孩子，简单的生活，男耕女织，哪怕贫穷，就算艰辛，只要渐渐老去……

可是，怎么带她走，用什么样的方式，又怎么丢弃自己身在其中做为长子的家庭？他不可以不顾及，甚至他都想到如果现在就带苏走，自己又怎么养活她，抛离现在的生活，她怎么还可以如此舒坦惬意呢？

苏的眼神变得更加迫切，渐渐泪珠压迫着眼眶一点点溢出，溢满了整张脸，她在等他的回答，祈求、乞求还有祈望。

“能不能等我？”西德终于说出了这一句，字字都藏着锥心的叹息：“我要带你走，却不是现在。”

一时间，西德看到苏看自己的眼神多了些许东西：有疑惑，有不解，有失望……兴许还有更多。她离开了他的怀抱，想说什么又无奈得不知如何说起，只有一声不吭、委屈满满，起身跑着离开了房间，离开了西德。孰不知西德心里也有着与她同样的纠结、难受与委屈。

西德没有去追苏，一个人孤单的留在房间里，他想拉住爱人的手，甚至想紧紧抱她在怀里发泄地痛哭一场，可又能怎么样，他看着窗外发了一阵子呆，想起了弟弟，于是，起身去了托德的房间。

西德敲门的时候，托德也正在自己房里想着哥哥同苏的事，其中还夹杂着自己许许多多的情绪，尽管这些谁也无法知道，只有托德自己明白：其实他也着难以言语的苦恼。当房间的敲门声打断了他思绪，他拿起手边的书佯装正在认真功课的样子，“噢，你在看书？”西德推门而进，边淡淡地问着边走到床边坐在了床尾，双肘杵在膝盖上，低着头，手指交叉着插进了头发，受挫的样子叫人心疼，然后一句话也没有。

托德放下了手中的书，走到哥哥面前，靠在桌子前看着眼前坐着的这个男人：他爱他的兄弟，自己喜欢的苏也爱着这个男人，这些也是让他难以释怀的纠结。而现在，他从没见过从小一起成长的哥哥有过今天如此的煎熬，也没想过他们怎么可以都喜欢上同一个女人，他同样爱着苏啊，也是很用心很用心地爱。当初知道哥哥要娶艾希娅的时候，在心里思量这场与自己幸福有关的娶嫁，让他松了一大口气，此时此刻，却又失落了。

“你不知道……”西德对着弟弟说出了心里憋了很久的话，“她小时候对我说她那么向往中国古书里一个故事，她是那么想要到达那样一个地方：外面的人始终不能找到怎样进去的路，只有那里的人才能看到那漫山妖娆的桃花，他们安安静静的生活，生儿育女。不打扰世人，也不被世人打扰。这也是我所向往的呀，我想有天我可以找到这样一个地方，给她那样一种生活。”托德呆呆的听着，他很羡慕哥哥，都有些妒忌，至少他从未听闻苏有着这样的心愿，这些苏只与哥哥之间分享的秘密。“现在我想带她走，但我不可以带她走，我还给不了她那个所谓的世外桃源，甚至现在出去，有多么的艰辛可想而知，我可以受苦，但绝舍不得让她跟着我一起东奔西走，却只为营生。”西德顿了顿，长叹了一口气，接着说：“我知道，而且从小就知道，你也喜欢她，而且也是很喜欢。”说着抬头看着托德，追究的眼神要着肯定的答案。托德被哥哥盯得有点想逃避，明明没有做错事，只是一场单方面默默的喜欢，怎么此时要承认，却让他慌张得心跳加快，甚至有些难堪呢？托德最后怯怯地点了点头，肯定了西德的答案，他目光游离在屋子里，叹了一声又好似松了口气：“但我知道你们是要在一起的，我只会这样偷偷地喜欢，我明白你会对她好，也许能比我可以给她的要多得多，确实，她想得到的也只有在你那里会得到吧。”

“那你会不会帮我？”西德打断了托德的话，率直地说出了心意。

托德天生具备善良的性格，此时想都没想，等西德话音刚落，他就已经点点头表示答应了。

“我要去找奥德里奇·裴坡将军，我要离开这里，我不能娶艾希娅，我一定会回来带苏走，就算我不确定有一天我还爱她不爱，我也会回来，还是要带她走，你能明白吗？”托德明白了，这要求就像为心爱的人做嫁衣一样，多么折磨人的一件事情，但，我爱她，就成全她。

同时，西德心里也牵扯着痛：“对不起，托德，我的好弟弟，我只能求你替我照顾好她。”然后就什么话也说不出了，此刻是怎样的情绪，恐怕连他自己也难以作答。

那天下午以后，苏就有意躲着西德，她无奈地以为曾经那个西德确实是变心了，美丽的艾希娅，在牧场上有那么多年轻的小伙子都喜欢她，他怎么可能不动心呢？

心确实是碎了，碎成成千上万块，倾撒在了黑夜里，大大小小变成了星野，再也拼凑不出当初的图案。

就算我已经放弃，可是，西德，我爱你，还是很爱狠爱……

# 第19章

苏在故意躲着自己的这些日子，西德怎么可能不知道呢，却也没有刻意去找过她，他们还是会在走廊遇到，也会在用餐时看到彼此，只是始终没有一句话、一个眼神，也再没那一刻私属的微笑了。

西德与艾希娅的婚事随着村庄里种种猜疑与流言的消退也渐渐变得顺理成章，特纳与亨特两家的筹备也已经接近尾声。如今事已至此，埃里克时时做着准备，等待着大儿子会来和自己说“父亲，这不是我要的婚姻，”然后思考应该怎么回答，但他还是想不出怎么和西德说清楚，也说不清楚这些烦人的忍耐。但儿子却没有从那次对话后提及过这件事，或许只是自己的猜测罢了，天下本无事，是自己徒增烦恼。那么，如今西德的隐忍是好事还是坏事呢？埃里克有些摸不透了，就这样耗着吧，最好能耗到他们结婚，他们生子，自己也老去，甚至辞世……也别捅破这张纸，上天，可不可以呢？哪怕心口总会一阵又一阵不祥的预感压迫得埃里克有些心神不宁。

就在所有人都忙于为自己准备婚礼的时候，西德已经很顺利地瞒着父亲写信和奥德里奇·裴波将军联系了，奥德里奇·裴波将军收到西德·特纳的信是多么的高兴，他一直很佩服西德父亲慷慨的为人处事，也挺喜欢这个侄子。于是都没问西德为什么想要加入军队，就很乐意地同意了他的请求，在奥德里奇·裴波将军看来，西德是个有前景可以无限升迁的年青人，更是值得信任的伙伴，若不是出于其他种种的考虑，还真想把他留在自己身边，但奥德里奇·裴波将军最后还是将西德安插在好朋友的部队里，没有直接接纳西德来自己所管辖的军队，深谋远虑的将军也会有着自己的打算。

这天夜晚，秋意浓浓，苏的靴子踩在枯黄的草地里，脚底发出沙哑的声响，好安静的夜，美好又悲伤：明天就是他的婚礼了。

未来，自己该怎么办？

明天，曾经的恋人就是别人的新郎，如此让村庄隆重的一件事却掏空了她的心，她还在骗着自己，骗自己西德还是属于自己一个人的，也许也只有这样子，才可以控制着自己的情绪不哭也不闹，才可以准备着自己参加婚礼的礼服，可再怎么衣着华丽自己也不是明天的主角，再怎么丰盛准备，也准备不出一颗完整的心来接受明天即要发生的事情。

今晚，远处教堂灯火比以往都要明艳，更是刺眼。

我不要看，不要想，不要思索，不要……不要心疼。

但，心疼，除了心疼还是心疼……

# 第20章

这一夜又将会有多少人彻夜难眠？苏、西德、托德、艾希娅、埃里克、凯瑟琳还是亨特夫妇？

大家心里有着各自的念想，也就有着各自的打算。

今天的黎明一定带着很多人的期待。

一大清早，青瓷就已经按捺不住少女那份特有的热情，最近都有很多达官贵人陆陆续续从不同的地方赶聚这里参加哥哥的婚礼，所以今天华丽的装扮更可以让她在众人面前显摆原本不施粉黛就天生丽质的骄傲，她有着炫耀虚荣心的资本，更有那颗懵懂少女忐忑等待着邂逅某人不安分的心。

克里丝缇娜的表情说不出高兴还是不高兴，懒散地应对着主人的安排。

埃里克心里的想法凯瑟琳未必能够明白，但汉普顿就能懂，所以，汉普顿像父亲一样开心着埃里克的开心，失落着埃里克的失落，于是，今天的他和埃里克一样，佯装的微笑下也藏掖着一份无奈的心悸。

而凯瑟琳呢？毕竟是大继子的婚事，除了贵妇优雅衣着衬出那份徐娘未老的俏丽，她更刻意扮演着一个母亲最大的怜爱与施与，她在特纳这部戏里演绎得端庄淑慧，她驾轻就熟自己扮演的角色，也演绎得格外娴熟，且是出之真心。

当然，有着太多期待的人首当其冲应该是亨特太太了，早在几年前，她就已经在城里专为今天的婚礼订做了礼服，甚至礼帽上、裙摆上的每一样装饰都有着非同寻常的含义，她很津津乐道于今天这样的结果，她得意若不是自己那么聪明绝顶的脑袋瓜，怎么可能让她的艾希娅嫁进这个光耀的家族，甚至昨晚她都还对即要结婚的养孙女说：“你要记得你那原本穷困潦倒的一生，是怎样被我一步一步地改写，我是你永世的恩人！”然后很有一番滋味地评价着自己是个很厉害的角色。

其次，最期待的人应该就是艾希娅本人了，她爱着西德，刨去虚伪、金钱、身价与地位，也同样发至内心很单纯的爱着，今天对她而言是结束了与养祖母在一起令人讨厌的日子，更是她重复着亨特太太同样可悲人生的开始。

而像卡尔文夫妇以及德克斯特·巴恩斯神父这些无知内幕的人，没有其他别样的心境，只做旁观者真心想祝福新人。

只有西德同苏煎熬着时时刻刻，原来，相爱不仅可以将彼此的快乐联系在一起，痛苦也是一样地感同身受。

面对这件事，托德只会一语不发，然后袖手旁观的什么事也不想去做，他知道今天必然有事会发生：此刻还没有，下一秒就到来。

教堂那边杂乱的人群一簇又一簇，场面盛大又隆重，大家都在等待着仪式的开始，这还是特纳新建的教堂迎来的第一场盛大婚礼，更是让原本就居住在这里的人们热情高涨：已婚的夫妇遗憾，还没结婚的男女羡慕。教堂外的草地上整齐的摆放着许许多多桌子，整洁地铺着上好的丝白绸布，上面放有很多的食物，缤纷的色彩挑弄着人们的食欲，达官贵人送来的礼物一样又一样在一旁堆挤着……四处都是欢喜与欢笑，祝福和贺语，相信世间最美的每一句话今天都能在这听得到。还应该用些什么言语来形容今天此情此景呢？只能说如果今天结婚的男女能是一场两厢情愿的嫁娶，那这些给予无非是对他们幸福婚姻最高调的浮夸。

做为新娘的艾希娅，心里有着相当的不满意，在结婚之前的这段时日里，她根本没有真正意义上和自己的未婚夫相处过，最多也不过是几句简短的寒喧或爱理不理的应答。她明白西德根本不爱自己，但她早已不在乎，只要能成为西德·特纳的妻子就可以，能有这个名份，其他事日后自有办法。她自信满满地穿着婚纱，小心描画着眼角的妆，一丝不苟、小心翼翼。

谁也不知道西德此刻一个人在自己房间里，衣服在床上整齐叠放着，还是老管家刚放下时的样子，回想起昨晚看见苏在屋外的时候，他心疼着她的心疼：她的世界谁也走不进去，他也不会走出来。

栀秀，可不可以这样叫你，我的苏。我珍爱着你，你可能不明白这份情愫纠结有多大，只有闭上了双眼，世界才能看不见。

昨晚，在那个旷野的星空下，他最终还是没能掩盖住自己快要窒息的喘息，从窗里看见那个在草地里失落的人的一刻起，他就追了下去，可惜，到了苏先前停留的地方，已一片寂静，她已经走了。西德回头看看家里的灯火，苏的房间此时才刚刚亮起，他低头深想了一会，一个劲又冲那点光亮奔去，他想见她，他想吻她，很想很想，太想太想了。

她在里面听见了熟悉的脚步，急促的喘息，压抑很久的心不由有了知觉：小鹿乱撞，听见自己慌了神地心跳声。

咚咚的敲门声越来越急，她卷缩在床边地板的角落里，抱着双膝嘶哑着哭个不停，顿然，没有了一丝面对的勇气。

除了哭，还是哭，我找不到方法接受你，要不要再见你，顿时没有了主意。

渐渐，敲门声止住了，但他还在门外。

“为什么要躲着我？”此时，门外的西德已泪流满面，“为什么不听我说？”他的每句话、每个词、每个字都带着哽咽，“为什么不相信我要你等我？可不可以告诉我为什么……”

苏冲到了门前，手一把握住门闩，奢想了要见他、要吻他……却犹豫了，手停在了那里，右手擦拭着满脸的泪水，想镇定的说句话，才发现抽泣着说不出一个字，刚刚一阵哭泣太用力已经完全失去了说话的能力，“请回！”这两个字像是从肺里发出的，夹染着撕心裂肺的疼，模糊得听不清楚，但他还是听清了，也听懂了，只觉心口一阵刀绞，手重重锤在了门上，发泄着心里那阵已歇斯底里的悲伤，深吸了一口气，只剩下狼狈着离开。

此时，屋里屋外都没有了一丝的声响：他们止住了哭，世界变得好安静。

最后，苏放在门闩上的手还是开了门，她太想见他了，他来找她，她的所有防备就已全部决堤。可是，门开了，他却不在了。

她右手压着心脏，实在太痛，看不见他，那一瞬间泪水就从眼底，不，不是眼底，而是心底，一下子喷涌而出，好空洞，好委屈！她追出了门，眼睁睁看着他的背影消失在走廊的尽头，那是他房间的方向，她不顾一切追了上去，当看见他进屋那一刹那，她多想叫他的名字呀，却怎么也叫不出来，当她追到他门前，他的门就这样关上了。

你那么多为什么我要怎么回答你，没有为什么，因为要爱你，因为要心疼，因为要叹息……我也不知道为什么，或许原本就没有为什么。

她在门外，举起手要敲门，却顿了顿，将举起的手重新收回，转过身往刚刚一路跑来的走廊慢慢步履蹒跚着走回去。相见不如不见，亲爱，想你时需不需要勇敢?

# 第21章

苏出现在教堂人群里时，遮掩不住她昨夜透支泪水红肿的双眼，看到这托德心疼了，小心翼翼关切地看着她，她回应着浅浅微笑，弱弱的说：“没事”！还是那个柔柔的笑容，明艳的阳光掩盖不住内心那阵冰凉，显得好凄凉。

“我担心你。”听到这一句，苏有些感动又有点想哭，不能哭，她笑笑望去远处，那个马上有新人出现的地方。

她看到了艾希娅，多么动人的女子，穿着她想要穿的裙子，将要嫁给她想要嫁的男人。从今往后拥有着西德一生一世的照顾，羡慕，嫉妒，还是更应该恨呢？她都恨不起来了，因为已枯竭了所有的力气。

她还看到在场的每一个人，得意洋洋的亨特一家，满脸喜气的姑父姑母，看来小妹青瓷今天也是一个主场角色，在所有年轻的男士眼里，她比在场任何人都有魅力，不止是那些来自城里的年轻小姐太太，甚至还拥有着比今天的新娘都不能媲美的容颜。

她们都在忙碌着，确实没人看见她，也没有人顾及她的情绪。其实，他们又凭什么要顾及呢？

可是，西德呢？所有人都在等着他，人们的目光也在四处搜寻着他，这个今天的主角，现在人在哪？

时间一刻刻地流失，亨特太太咂瘪着嘴显然很不乐意，凯瑟琳应酬着也开始慌了起来，埃里克悄悄在人群里找着老管家，却被青瓷告知，汉普顿已经去找西德了。

苏也开始找西德，有点意外，说不出此刻的心情，是不是有点自私：他能不能不要出现？她拖着裙摆四处张望，碎花裙边撒在脚旁，那股幽香，一下子身子都轻了。

“能不能带我走？”为什么脑海里突然又出现这一句，穿梭过人群，她朝家的方向偷偷跑去，没走几步，刚刚轻盈的心情一下子又乌云密布：她看见他了，从家那边走来，边走边打着领结，老管家在旁说着什么，又像是在责备着。

他还是来了，不可能发生什么意外，刚刚也只是自己骗自己，他还是要娶别人的，心情又一次跌落到了万丈深渊，沉重极了。突然好恨自己，已经说了不相信，可为什么又一次要抱着希望，自私的期待，却还是更失望更绝望。于是，原本早早准备好的一切又变得乱了阵脚，她昨夜已准备好怎样承担伤心，因有了这个小插曲，顿然而生的小期盼被复杂情绪打乱。突如其来的沮丧，她想立刻离开现场，落荒而逃。她后退了几步，终于转过身，含着泪倔强地逃跑了。

因为新郎的到来，谁也没有注意到苏的离开，当然苏也无法得知她走之后发生的一切。

西德来到了教堂，也来到了艾希娅身边，只是手里多了一卷纸张，汗珠沾湿了手掌里的那部分，他神情也不像个即要举办婚礼的新郎，他看着艾希娅没有那满满深情的怜爱，对着父母的眼神却是那么的内疚，面对所有人他一言不发，心事重重。终于，埃里克预演了几个月的场景想象，那么久的担心在这一刻说来还是来了：

“父亲、母亲，这不是我要的婚姻！”

西德抱歉地看着埃里克，这一句哗然了在场的所有人，西德又转向艾希娅说道：“对不起。”然后将艾希娅紧紧抓在自己胳膊上的手抹了下来，不由她说一句话，另一只手将那页纸张塞进了还在发愣的汉普顿怀里，一边快步离开婚场，一边撕拉着领结，它束缚着他，很难受，现在轻松了。

西德走得如释重负，只留下全场惊讶的人们，一小阵鸦雀无声后，轰然而起的是不断地纷杂议论。

# 第22章

西德无心顾及有哪些人在极力挽留他，又是怎样地劝阻他不要离开那个令他生厌的地方，他丢下了所有人，选择独自逃离了现场，其间他留意过父亲的脸色，他想知道父亲是怎样的态度来衡量今天自己过分的所作所为，但无论结果如何，他也不在乎了。

他离开后，就直接去了苏的房间，他多么想在第一时间告诉她，他已经用自己的方式要她等他，他用一纸来自部队的委任书回绝了那场婚约，给了她一个不似承诺的承诺，现在要你等我，你还会不会回避?

可她不在屋里，他有些焦急，心里有着太多太多想要对她说的话，明天就是委任书里最后期限的日子，所以今天下午，他是必须要走的。有太多话，却没太多时间了。

她在哪里呢?

他还猜想着她可能去的每一个地方，可随即蜂拥而入的人群就拦住了他的去路：父亲、母亲……还有好多熟悉的面孔和惊神未定的表情。

“为什么不告诉我，就做这样的决定？”西德认出父亲手里拿着的就是他刚刚塞至汉普顿怀里的委任书，面对父亲的责问，西德没有应答，知道自己犯了大错，只剩不知所措。

“什么时候去？”埃里克问儿子。

“今天，马上！”终于西德字字铿锵地回答着父亲的责问，他想让父亲知道自己的决心，自己的信念不会做任何改变。他清楚自己今天过分的作为不止是这场逃婚，而让父亲更接受不了的，应该是他瞒着父亲悄悄加入了军队。在特纳家族的历史里，有着对军队不可告人的特别情节，没人知道这类事的发生会在家里旋起怎样的漩涡。而现在，西德要入伍了，这是多么真实的事实，摆在家人的面前，对于埃里克来说，也是一件诧异得不能接受的事情，一下子冲淡了儿子逃避婚约这件事在他心中的分量。

但又能如何呢？儿子选择的是他自己的人生，不能强求的，既然要去，就让他去吧。埃里克将委任书还给了西德，拍拍儿子的肩，沉默的走了，西德长大了，不知不觉中，后知后觉的。

父亲走后，西德拨开堵在他面前的人群，还是一心只想要找到他的苏，那个栀秀，她现在在哪？

苏躲在马厩，将自己掩埋在草料堆里，那个未来，所有的明天，她已被抽离得没有半点面对的勇气，那个再熟悉不过的家，也变得好陌生，惹人害怕，只剩下不停的哭泣还在陪着她。躺在干草的清香里，哭着哭着一不小心也就睡着了。其实在她的心里，迫切的希望有人能来找她，但也知道今天大家都很忙，不会有人来找她的，或许这些也不重要了吧，她要躲避的人只是自己，躲到不想躲的时候再出去，也许那样会好些，然后，努力，再努力，努力将那个人忘记。

今天真的是难捱的一天，时间走得或慢或快，渐来的傍晚都有些凉意，西德还是在找着他的她，他想见她一面再走，却又担心耽误了行程，怎么也找不到，直到不得不走了，因为他们还有更长久的未来要顾及。

西德驾着他的马匹已走在出行的路上，准备离开从小成长的庄园，马匹也依依不舍陪着主人回头望个不停，家人们都在，他们没有阻拦他急匆匆的出走，面对今天的闹剧，知情人都早有准备，于是问个不停追究原因的也只剩下那些对这件事无关紧要的人们，其实，现在埃里克一心考虑的，也只是等儿子走后，怎么来帮他收拾这个残局。

苏，最大的遗憾是没有见到你。

夕阳在屋顶上落下，纷飞的鸟群三三两两，支离着一阵惆怅。

托德看着哥哥一下午都在寻找着苏，打小他就悄悄知道苏的一个秘密，或许自己是知道苏在哪里的：小时候每一次当她好难过的时候，他都会看到她去马厩里悄悄的哭，哭到哭不动，哭到什么都可以忘记。

这是托德自己的小秘密，他猜，也许现在她就在马厩里。

西德没有结婚的事，苏一定没有看到，现在西德要走了，托德犹豫着自私了，他不想让哥哥去见苏，他盼一个结果——他的人生也出现在苏的未来里。但这个念头又那样折磨着他善良的本性，最后一刻，他还是放弃了人性最自私的立场，西德刚走，他也闯出了人群，往马厩跑去。

她真的在。

他猜得很对，她就在那堆枯黄的草里安静的睡着，泪痕还挂在眼角，顺着脸颊流进颈里，美得惹人心疼。

他急躁的弄醒她，什么也没说，就强拉着她往外面跑，才被弄醒的苏还没反应过来什么情况，已经被托德连拖带拽的拽出了马厩。

“你弄疼我了！”苏用劲摔开了托德的手想要停下来，用另一只手揉着刚刚被弄痛的手腕。

托德顾不了那么多，又一次拽起她的手往庄园外的乡间小路跑去，她执拗着不愿意。“他没结婚，现在要去奥德里奇·裴波将军那里！”着急的托德脱口而出。听完这一句，她彻底呆了，脑海一片空白，浑然不知自己睡着的这段时间里究竟发生了什么，自己又错过了什么？懵懵发呆的只能站在那里，之后就只剩麻木地任由托德拽着她不知道去哪，但她知道这是去见他，见她的西德。

他们飞快穿梭在乡间小路，只有这样才可以提早到达西德要经过的地方，才可以让苏见西德一面。

苏从刚刚的发懵中醒了过来，裙摆妨碍了一路的奔跑，她可以把它脱掉，头饰牵制着一路的奔跑，她也可以把它扔掉……她要快点，她要见他。从没这样的渴望地想见到她的西德。

终于，在西坳那棵他们都熟悉的大树下，托德确定哥哥的马匹还没有经过这里，就在那停下，一路跑来让他气喘嘘嘘：“你等着他来，我还会回来接你。”

于是，托德就这样原路回返，留下了苏一个人。

苏开始慌张，开始担心刚刚一路奔波弄得如此狼狈，要怎么见他才好？她双手有些微微颤抖，僵硬的想好好整理头顶的发丝，顺势又抹了抹脸，天边已全是暮光的微红色彩，浅浅的大地色打在她脸上，两行泪委屈得那样明显。

她就这样等着，莫名这段时间里发生的所有事，短短的时日改变了好多东西，让她措手不及。

她甚至有些怀疑此刻是不是梦境，要不怎么刚刚还在马厩里哭泣，这么快就到了这里，要见那个让自己揪心的男人。

西德的马匹确实要经过这里，他远远看着西坳那棵大树，勾起了许多伤心的回忆，夕阳已落，西面有着一片火红的暮晖，照得这树的影子好孤单。他不经意的一眼，意外的再定神：是她，真的是她，同样那样孤零零的站在那。

西德惊喜得一下子拉住了缰绳，马嘶啸了一声还没来得及停住，他就跃身跳了下来，终于在这里看到她。

他紧紧抓着她的肩，手是那样颤抖，眼底迸发而出的热烈是那样的赤诚，然后很狠拥她入怀，恨不得身体可以嵌进她的躯壳，这样让心可以融成一颗，就再也不能分开了。这个迟来的拥抱，彼此等了好久，差不多有一个世纪那么漫长，她缓缓抽噎着，抬起了早已木讷的双手，用尽全身力气抱紧了他，弄疼了才能证明这不是梦。

热吻，可以填补空缺的胸膛。

我们还是这样的相爱，从来就没有被抹灭过，事到如今，只是更爱了。

清风在缠绵，晚霞的光辉烧得通红了整片天，粉紫的花纷飞着花瓣，悠悠穿梭在情人之间，被霞光披红的云彩不停变幻着形状，来提醒时间还在飞逝，光阴，你能不能慢些走。

“我会等你”，片刻温情后，他还没问，她就这样回答，西德顿然将她抱得更紧了，感激我为你所背弃的一切，心血没有白费。那么，我要你等我，在不久的某天，我要给你一场私属的婚礼。那天，你将是我此生的恋人，唯一的妻子。

原以为见到了他，心疼也就会止，现在他要走了，心疼却更加撕扯了，余晖慢慢褪去了燃烧的面纱，浅薄的土红色带着夜幕即将来临的黑，暗淡了四周的一切，但他的脸庞在夜幕里仍是那么清晰的轮廓，我要再看一眼，多看一眼，生怕下一刻他就不见。

千言万语都省作了一场沉默的告别，苏的泪在脸庞柔弱的飘着，他的手为她抹去却又被沾染湿透……重复着这一桥段，他舍不得离她而去，多想留下来，曾经的喜怒哀乐历历在目，欢喜或悲伤，我们都怀念，这全都是幸福。

他还是要走，一阵温存之后。明年今日，他们的约定。承诺着365天后彼此的所有，一年的光阴，等待终于有了盼头。

“明年今日，我只要你等我一年就可以！”西德这样肯定着，

“我一定会回来，就今天，带你走！”

当看见托德骑马赶来，他才知道原来是弟弟将苏带来这里的，发自内心的那份感激不能言谢只能心领，于是决定走了，也不得不走了。

他走了，丢下一个等他的人，丢下一份难舍的挂念，毅然决然的还是要走，尽管她在身后默默抽泣到哭出声响，声音逐渐撕裂。他也只能默默流着泪，不回头也不让她看见，坚强的擦拭着眼角的泪、上马、扬鞭……她无助地哭跪在地上，膝盖陷进了泥土里，无望的看着他的背影飞快消失在夜幕中路途的尽头，“西德，我等你！”她大喊着撕碎的嗓音，更撕碎着自己的心，这一句让骑马奔驰的他痛得快要窒息，脑海里重复着一切美好的往昔，“一年！”自己这样嘱咐着自己，飞驰着马没有停下……

# 第23章

托德抱起哭得无力的苏，看到她现在这个样子，也怜爱得心疼极了，说不清楚此刻的心结，只想驮她回家。他能猜到刚刚哥哥和苏说了些什么，他能为他们做的事就是善良的成全，这也是对自己的爱人唯一真诚的奉献。这样的一个托德，在不久的将来，你一定可以遇到你的真爱，然后给你知足的一生一世，这将是上天对你这份大爱的回应以及祝福，她会在不远处等你，或早已悄悄在你身边，只是你还未发觉。

托德驮着苏，马匹悠慢的步伐，生怕叫醒她让那些悲伤泛滥才这样小心翼翼，无论他们发生了什么，托德都想时间是剂良药，能抚平太多东西，只是身体病了还有医药，若是爱情病了，就只能自愈。苏，你会慢慢好起来的，也要慢慢好起来。

苏骑在托德的马上，头后仰着那样自然而然无力地倚在他的肩膀，自从这件事萌发的那天起，她就已经累了，这下西德是走了，却把心给留下了。她现在只求心安。她想休息，偎依在托德怀里，奢求索取着西德给予不了的温暖，她松了一口气，泪流只为思念，不再太多悲伤。

事情的安排总是捉弄人意，谁都猜得到现在的亨特庄园正鸡飞狗跳，亨特太太快卧床不起了，尖酸刻薄地谩骂着阻碍她心意成真的所有可疑的人，相关的不相关的每一个特纳家的人都被她骂了个遍，也还是没骂够，骂到没了声息，不是因为累了，而是又在专心盘算着事情能否有什么转机。

而此刻驮着托德两人回归的马匹也刚好穿过庄园的草地，夜幕灰暗的光色没有掩去他们的身影，所有人都看到他们俩甜蜜亲昵的样子，大家都无心留意他们，至少空气里传阅的气息，更多还是白天西德给大家的惊讶。但阴谋者看到了此情此景，也就能看出别样的心惊与心机。

于是，艾希娅有了办法，就在亨特太太还苦苦找着答案的时候。看来，确实不能小看这个亨特家的养孙女，迟早的接班人。

于是，她在手腕划了一刀，咬牙闭眼的那刻狠心，怎么会不痛呢。

然后，一场蓄意的混乱随她而起，一时间，顷刻而出的责备都是关于西德的背弃，村民私下窃窃私语，议论着负了她的特纳家，编造着、炮制着……无形的压力在特纳庄园的上空乌云密布，流言蜚语铺天盖地地涌来，好不恐怖。

埃里克苦恼地想着办法，怎么应对这些呢？他变得立场两难，明明没有责怪西德的选择，却又发愁于怎么解决这次因他而起的风波，家族安静的这些岁月间，这是首件棘手的事情，声望、名声……埃里克心里有些慌乱了。但是尽管急躁，却还要尽心收拾着残局，用尽一切承担儿子出走带来的后果，安稳着亨特家的情绪。

凯瑟琳请求卡尔文整日照看着自杀未遂的艾希娅。用最大的努力挽回特纳家的名声，她以女主人的身份保全着这个家庭，让埃里克满心愁虑外有了一丝宽慰。

艾希娅除了哭，还是哭，特别是当有人来的时候，紧闭着双眼哭得就更凶了。

凯瑟琳没有办法，看着水米不进的她每况愈下、奄奄一息的样子，已经有点架不住表面强装的镇定，于是承诺给眼前这个还年纪轻轻的小姑娘："你要什么我都答应你"。

艾希娅的要求很简单，真的很简单，只要托德娶苏就可以。

对凯瑟琳而言，这是一个极其无礼的要求，她想发火，甚至怒火中烧，不满情绪已快要发泄出来，但以大局为重，她还是硬压了下去，"等我回去想想"。

亨特太太一下子夺过凯瑟琳的话："那么，你想好的时候，我可怜的艾希娅怕是已经不在了，老天呀，谁来救救我可怜的孙女，还有我老无所依的晚年……"

亨特太太哭喊着昏厥过去，全场人又慌忙叫着卡尔文医生，然后带着责备的口气劝说凯瑟琳满足这一家老小的心愿，也只有这样的成全才能平息这件事，毫无商量的余地。

凯瑟琳骑虎难下，含着一丝隐忍的心酸以及说不出口的难言之隐，艰难地点点头，答应了亨特一家。

凯瑟琳回到家的时候，难免有些难以启齿，她想对家人说，她已经应下这样的条件，是因为她真没有其他的办法，亨特家用一老一小的生命相威胁，她不得不让步，在这些问题上，占上风的人都是那些不顾及脸面的人，而凯瑟琳只有妥协，特纳家只能妥协。

苏听说的时候，刚刚得以平静的心又卷缩成了一团，是不是命运只能这样安排，他和西德的结局也唯能这样?

她哭不出来，姑母的神情是央求的神色，她舍不下西德，却也不得不顾及姑母以及整个家族摇摇欲坠的声望，她感到前所未有的责任，压得她娇小的身躯无力承担，西德，怎么办?现在你不在，我一个人要怎么应付呢?

与姑母一晚倾心的长谈后，她终于妥协了。正如她从不知道的秘密，卡尔文叔叔与姑母之间那段纠结的往事，她一夜之间明白了许多道理：也许人真的不能活在自己的私欲里，如果不是西德与她的自私，如果不是他的出走，事情没必要闹成如今这样，却还要按照以前的方式艰难地继续，费了那么大的劲，结果他们的挣扎还不是一场妄自菲薄的徒劳罢了。

“那么，托德是怎么想？”“你不知道？托德喜欢你好久了！”凯瑟琳好惊讶苏从不曾察觉过托德的爱慕，其实，苏怎么可能不知道呢？只是不愿意承认罢了。“那么，能不能答应我一个小小的请求？”苏恳切的眼神望得凯瑟琳心掀起一阵涟漪，原本想着今天如若苏不同意，自己也要强加于人，可现在苏意外的妥协了，她却内疚了。是什么请求呢？无论是什么请求，都答应她了吧。“明年今日，好不好？明年今日我嫁给他。”“好吧。”凯瑟琳点点头，明年就明年吧，总之亨特家也没说要求什么时候，已经答应他们的要求，他们不能再得寸进尺了，只是，凯瑟琳说：“西德那里我们就先瞒着吧，不然他分心，这样也不好”。

事情就这样滑稽地发展到玩笑的决定，但只有苏知道，她妥协的背后还有一丝私望与苛求：他若能承诺着回来，我还是要和他走的。

西德，你一定要回来，明年今日，我记得你这句话，明年的昨天就是我离开这里的时候，我不要嫁，如今假装的当下只是为了保全特纳一家，我从没舍弃过我们的爱情，我还在等你，期盼更增加了一百万倍。

# 第24章

当艾希娅得知托德与苏要在一年后才完婚，已经开始满腹记恨了，但凯瑟琳说了这是一桩不能马虎的娶嫁，一年用来筹备并不算太久，于是她也停止了从中作梗，不再奋力相逼，她心里明白自己威胁的筹码是自己的生死，得寸进尺只会激怒凯瑟琳，然后没有好下场，见好就收才是明智之举，下一步，走着瞧吧。

于是，渐渐地这场喧嚣才得以慢慢消褪。

托德才从克里丝缇娜嬷嬷那里得知苏已经答应嫁给自己，意外之余赶忙慌着去母亲那里以求证实，对于他，是意外，更是欣喜若狂。一年而已，比及曾经的等待，这个时间显得好短，一点也不漫长，短短的12个月顿时让他觉得生活充满的全是希望。难道自己也有猜错：他一直以为那天的西德和苏在西坳的大树下是场终生的私定，可现在她却答应嫁给了自己。

他短暂质疑之后更多的是狂喜着设计拥有她的未来，她怎么想他已不在乎，只要能拥有她，能对她用心呵护，就已让他好幸福！在成长的23年里，从未有过什么事能让他像今天这样满足。

马上，托德又有些羞涩了，胆怯着有些怕面对苏。天生的小青涩在托德的心膛里撒下了一枚小种子，小心爱护，等它长大，发芽以至开花……

苏比起以前，话明显少了很多，除非有些话实在躲不过去不得不讲，也不再和青瓷还有女仆们戏耍，走廊里怎么也听不到她曾经能穿过大堂和楼道吵闹的欢笑声，家冷清了好多，消失的这些东西，还能不能找回来？

为此，托德陪苏的时间比以前刻意多了许多，独处时哪怕听不到她说一句话，但只要在一起，他也很知足，有时只需静静陪她坐在身边一起远眺窗外，时而她也会侧过脸庞一阵微微浅笑，浸得他心窝万丈温暖。他读不懂她那嫣然一笑的意思，只有她心里知道窗外的风景随着时日正在迫不及待变幻着色彩，一刻又一刻，一天又一天：离她和西德相见的日子更近了！这便是她如今幸福的唯一含义。

远在他乡的西德还记得自己对心上人的承诺，也还记得他想给予她那个梦乡里的世外桃源，他在努力，一路走来已从原先入伍的部队调至到了奥德里奇·裴波将军的军营，所谓的年轻有为不仅仅表现在军职的升迁。

某天的一个午后，西德没让家人等他消息太久，一封概括他近来现状的家书飞回了特纳的家园。苏激动的从大家手里接过传阅的信纸，看着那么熟悉的每一笔每一画，都能听出是他的口吻在耳边轻读着每一词每一句，还能想象他提笔时是多么认真的眷写……只是，那些温馨的简单问候之外，对于自己，他只字未提！你怎么可以，什么也没和我说？

心瞬间凉了，飕飕的寒意灌进身体……

这边却是无穷尽的爱意等不到回应，西德等来的信件也只有父亲的笔迹，那么，我给她的信呢，她知不知道我有多想她？他也是阵阵不欢压抑在心上，多想回家去看看，离开苏有些日子了，她的近况，就父亲说的一句“一切都好”怎么足够。

公务让他始终脱不开身，还有那桩筹备也腾不出时间要打理——一桩让她惊喜的事——我们后来才能知道的秘密。

谁也猜不到，西德的那封信皮上充满着爱意优美眷写着“苏·特纳”的信并没有随同寄回家的那一封一同达到目的地，而就在路经亨特家的时候，已被艾希娅假意好心地收下了，传到特纳庄园时也就不难解释何故只剩一封了。

栀秀：

我曾在心里一直这样叫你，多美的名字。你说那是株纯白的花朵，就为你出生那天，一夜之间家里大院绽放满园千百枝，舅舅才这样给了你这个名字，秀外慧中，你一直满身染着它的香气。

我多想有天可以娶你，当你是我的妻我就这样叫你。可如今等不及那个时候，我要这样叫你，此生只有你才能与我相伴到老，我们之间差的仅只是一场正式的仪式而已。

曾经答应自己想要给你的全部，全因这次无故的变故，打乱了无辜的你我，悲伤得只剩哭泣的爱情。

现在，忘却那些，我想你。

早晨醒来，我会一直想你，想到夜里躺下，朦胧着睡下，脑海也都全是你的影子，因为只有这样，才有力气继续走下去。

时常怀念西坳那棵树下的全部，包揽着我们的所有。我要谢谢你，谢谢你给我满心的期待与勇气。我会记得承诺的点滴，刻在了心上，完成这些许诺，现在就只差让你等到我。

我要给你的不止你能想象的全部，我已在尝试努力弥补，我要你此生幸福的老去，不担忧一丝一毫，只盼你与我白头偕老。

你明白我要的只是你等我，我要的只有你。

吻你。

至爱西德

只要是女人都会羡慕这样真挚的爱情与爱人痴情的等待，更何况写信的人是自己同样深爱的西德，艾希娅恨恨地揉着手里的信，她恨自己得不到爱情，就算陪上满腹心机的暗算，她还是得不到。此生她都不可能是西德这美好情怀宣誓的收件人，她要得到他，哪怕最后只是一场虚名的拥有，她也要得到他，他给予不了的爱情，她也不会让给任何人。

爱情，为什么有人可以成全，只为爱人幸福；有人却这样自私，不择手段，只为自己得不到，别人也不能得到。

# 第25章

昨晚又梦见了西德，在卧室的窗前笑笑地看着自己，虽然是在梦里，但还是那样羞涩未泯的笑，慌忙去找镜子，心里泛起一阵幸福，好在乎自己那刻美不美丽……

西德，梦好甜，我舍不得睁开眼。

拂晓的亮光透过窗帘爱慕的撒进屋子，醒来，原来只是梦一场，我想你了，那样苦苦等待，怎么你消息来了，却吝啬得一点也没有给我？我好想你，我真的好想你。

等早餐的时候，苏还回味着昨夜美梦，懒散着慢悠悠来到餐厅，在门口就听到了不同以往的说笑声，才发现今天的餐桌上多了一位他从未见过的客人：一位风度翩翩的年轻军官。

她有些惊奇一大早就有客人的到来，但没太多视线放在这位客人身上，当姑父向这位年轻人介绍起刚刚进来的苏时，苏才知道他就是姑父以前提过的奥德里奇·裴波将军的大儿子：阿姆斯特朗·裴波少校，听到奥德里奇·裴波将军与西德有关，苏就马上对他来了兴趣，想打探自己爱人的消息，又有些矜持着磨不开面子，扭捏着腼腆着，跃跃欲试想问却又问不出口，好久不见她今天这样两眼有神很可爱的样子了。

今天青瓷也有些异样，乖巧得没一句话，静悄悄听父亲与客人之间的谈话，席间，假装着不轻易地瞟过，悄悄偷看坐在对面的阿姆斯特朗。

苏觉得这顿早餐吃的时间好长，刚刚散席，就在走廊逮住有些小慌张的青瓷："刚刚我没来的时候，他有没有说起西德的消息？""没，"青瓷被打断了愣愣应着苏，"他只是在我们这里小住一段时间而已，刚刚父亲问他西德的消息，可惜除了一句'一切挺好'也没太多提及，但是，苏……"青瓷有点一本正经，从来没有这样一本正经，"嗯？"苏呆呆看着她等她接着说，"我想我知道了你和西德之间的那丝心动了。"

苏明白了青瓷这阵小慌张的意思，也知道了青瓷话语间藏着的那个人就是今早才出现的阿姆斯特朗，所谓一见钟情大概就是这个样子吧，青瓷，这么楚楚动人的一个女子，就这样，突然喜欢上了一个人。

爱情来的时候没一点预兆，也没有一点声响，悄无声息，说来就来了，惹人心疼让人痴狂，想起心里那个人就会小鹿乱撞，会独自会心的笑得像个傻瓜。爱情，你折磨着多少人煎熬在无眠的夜晚，一整日一整日脑海走动的只有爱人的影子，祈祷爱情，乞讨未来，可以放下自己更放下骄傲，放下了全部却放不下你……

如今，14岁的青瓷第一次有了心动，喜欢一个人，原来是这个样子。

吾家有女初长成，苏从心底轻轻祝福着青瓷，为她保守着这个不算重要的小秘密。阿姆斯特朗要在这里小住一段日子，相信他们会相爱的。

这些日子，全家人都发觉了青瓷的小变化，懒洋洋的小姐现在会早早起床，自己整理房屋，然后认真梳妆打扮，开始“专心”功课，显得好有修养。她的每个动作每句话都假装没有刻意设计，处处弥漫着矜持，步步都是内敛，一夜间成熟优雅了！盖过了天资的美貌，锦上添花更是讨人喜爱！

可阿姆斯特朗没有察觉，还是没一丝动心，面对青瓷和对待所有人都一样，没留意更谈不上留情了。

青瓷情窦初开的种种，太急迫需要他的回应。

这天中午，天空很低，云彩很多，阳光透出云间，一束一束丢失在大地上，他骑着马悠闲的在草地里散步，英俊少年潇洒的身影，让远处路过的女子都回眸只顾多看几眼，青瓷更是如此，再也忍不住胸膛里那颗为他跳动了一个多月的心，决定放弃一个女子矜持的身份，向他吐露爱情。

“可是……”阿姆斯特朗听了青瓷的告白，沉默了，世界最笨的人都听得出他要拒绝她的爱，青瓷想不通，她这样将一颗心赤裸裸给他看，他怎么舍得拒绝呢?

此时的天更低了，云彩更是密集，原来一束一束明亮的光束被越来越密的云彩挤得不见，大地一下子失去生气，没了活力。

她捂住嘴没哭出声，眼泪“吧嗒吧嗒”大滴大滴地落下，打在他的脚尖上……只有狼狈转身逃跑了，真是后悔，不仅丢了心，还丢了脸。

刚刚还享受着田园阳光的阿姆斯特朗此时更伤了神，刚刚还美丽的风景一下子就要下雨的样子。他怎么不曾动心，他动心！只是不敢留意自己这份心思，只为在自己真正生活的那座城市里，还有个她：那个未婚妻。

刚刚青瓷那句“请爱我好吗？”一下子沸腾了他冷漠的心，他不是花心的男人，但那秒着实感受出从未有过的慌乱，与城里的她相处时这些却是没有的，于是，他懂了，懂了来自心底的真切：他早喜欢上了刚刚那个女孩，这种喜欢，或许在她喜欢之前或许在她喜欢之后，这种喜欢确实茫然，却又在过往的生活里显得无与伦比。

但心动之后，还是要理智的拒绝，这个爱的小插曲要扼杀在萌发的现在，不能让它肆意生长，担心有天无法遏制，就会失去理智，所以，今天的回绝是对你这份爱意最好的回报，谢谢你的喜欢，我这辈子都不会忘记你的，特纳这个美丽的姑娘，将你放在心底，纪念还未开始就戛然而止的心动。或许你确实是唯一一个可以撩动我心弦的人，只是相见恨晚，陪伴终生的已有其他人选，如果没有她的存在，没那份责任的心结，我多想拥你入怀，告诉你多想接受你的爱……青瓷，我伤了的是你的人，却还有我的心。

阿姆斯特朗在不久之后就提前了归期，离开了特纳庄园，大概是因为他和青瓷都无力承担这场小心的相遇给他们带来尴尬的纠结。总要有个人主动提早来回避，而这个人只能是他。

他的离开，让青瓷的初恋无疾而终，有点郁郁寡欢，却无能为力，眼睁睁看着它骤然死去。

# 第26章

听说了特纳家来小住的客人的身份，狡猾的艾希娅就时时关注着阿姆斯特朗的一举一动，终于听说他要走了，于是打发了一个仆人，悄悄跟着阿姆斯特朗一同回去，想试着能不能找到西德所在的地方，这些日子她心里已经有了其他安排。

接下来，就是要耐心等待消息，但愿是个好消息。

日子平静的走着，不曾暴露出那些暗处隐藏的扣人心扉的阴谋。

亨特家的仆人回来了，阿姆斯特朗确实没有回家，而是去了父亲的军营所在地，不知道是不是仆人的好运气，他看到了西德，于是，赶紧回去报告消息准备讨赏了。

就这样，艾希娅知道了西德的住所，收拾了行李马不停蹄地奔去了，她自认为自己本来就是他的未婚妻，一厢情愿的认定都不曾改变过，她要得到他，每分每秒都没有停止过这个想法。

看着艾希娅站在门外等自己的时候，西德意外之后更多的是茫然失措，这时，大伙都坏笑着说笑：“中尉，你看你多漂亮的妻子呀！”西德想解释但又觉得即使开口也未必说得清楚，忙拉着艾希娅到一旁去，“你怎么找来的？”“因为想你！”艾希娅紧紧抓住西德的手急切的说着。“不是，我是说你是怎么找到这来的？”西德现在一心想着赶快把她弄回家去。“知道不知道有什么关系，我是你的妻子！”艾希娅从西德眼里看出了她的到来使得西德满是不高兴，接着强调着：“你一辈子亏欠我，那场婚礼我要你还我！”说完撩起左手的衣袖，手腕上那道可怕的伤疤像条蜈蚣狰狞的紧扒在皮肤上，“你一走了之，我承担不下，你现在是否能够担当？”西德满怀抱歉：“对不起，艾希娅。”

确实，对于眼前这个女人，他很内疚，尽管当初是她一意孤行要嫁，而他无心要娶。

本来，西德就没有必要对她负起那份子虚乌有的责任，现在又怎么可能依照她的意思被其为所欲为的任听安排呢？

“那么，你怎么可以不觉得对我有一丝亏欠？”女人放下了刚刚的强势，变化之快之大，也许一个无辜无助的女子柔弱得惹他心软，他会不会改变想法呢，接着眼泪就掉了下来，“我会对你好，我爱你，我不要你弥补这些亏欠，只要你让我对你好，好不好？”说着动情的一把抱住了西德，泪水溅在他的领口。

他想把她推开，她却抱得更紧，让他不知措辞，就什么也不想说了：“这里人多，我们回去说吧！”接着还是试图挣开了她围在自己腰间的手臂，艾希娅止住了哭也放了手无奈乖巧地点了点头。

进了门他们还是说了好多话，艾希娅从身后抱住他，脸颊贴在他的背脊：“我能给你幸福，相信我，跟我回去，好不好？”眼角的泪还在流淌着，那乞望的眼神让人狠不下心来拒绝她。“不，不是，艾希娅，你没弄明白，”西德一边挣开一边搪塞着她的每一句话每一个问题，“我不会跟你回去，为什么你就不明白？我爱着的人只有一个，而那个人不是你，”西德觉得自己说这些是有点伤人，但也只能说出真相，哪怕有点残忍，他也只能这么做，“你会遇到一个比我还要好的人，他会给你你想要的所有，他爱你，他会对你好，他舍不得你像今天这样哭泣。”西德终于挣开了她的手，转过身，拿起她的左手，“今后要对自己好一点，知道吗？答应我。”艾希娅听出了西德还是不愿意接受自己，她听他这样说着，这次是真的哭了，伤心着失望着他始终不会选择自己，她哭着摇头：“不要，不要，可不可以不要让我等别人，”泪水哽咽了她的话，“我谁也不想等，只想等你，可不可以不要让我等不到你？”西德也无奈她的倔强，轻轻叹了一声，于是什么也不说了，轻轻拥她入怀，有点可怜她的执著，难免也会动容，他能给她的除了这些微的安慰什么都没有了，轻轻拍拍她的后背，要止住她的哭泣。

之后他什么也不与她说了，不管她说什么闹什么，他什么都不作答，或许这是让她安静仅有的办法。

最后艾希娅这场哭泣促成了无言的告别且结束了这场相见，艾希娅还是只有选择回家。

回去的马车上，她看着车外不断回退消失的景物一言不发，有点责备自己见到他不淡定的说了那些不该说的话，还好她忍住了，差点快语道出苏和托德订婚的消息，如果西德知道了，他一定会马上冲回家去的，那么左手腕这营造的刀痛的心思就真的白费了。

只要知道他在哪就好，让他对苏死心，自己迟早是有手段获取西德的心的，无论付出什么代价，她都愿意试试，只要那个结果能如她所愿，尽她所想。自私而强悍的教唆着自己占有，亦不合理的拥有。

# 第27章

“西德，洗手为你做汤羹，我还有没有这个运气？”

就从艾希娅回到家那一刻起，苏对情人那坚定不移的信仰开始发生了微妙的变化，的确，时间真的可以改变好多东西，她的他像只风筝，飘得太久，也太远了，她早已不确定手里这根自己放出去的线还是不是他的心弦，害怕有一天想收回风筝的时候才发觉他已在时间的放纵里被风吹走，他会不会变心？谁可以回答我。

西德，我很想好好爱你，真的很想……

曾经那么不顾一切，如今还是这么不顾一切。但你的心膛还能不能继续等待我的入住？

不然，怎么大家都知道艾希娅去了你的军营见到了你，我却到现在都弄不清楚你究竟在哪，她知道的我都一无所知，对我只字未提，为什么你会告诉了她，不然她是怎么去的？噢，我忘了她是你的妻！你现在是不是正愁眉不展？在焦虑怎么开口殒灭我们的约定？你后悔了当初的决定了吗？

苏没有胡思乱想，她此时的悲恸欲绝就是艾希娅想要的效果，她从西德那里回来后就凭借想象向村里人编造自己此行是多么地尽如人意，她美滋滋的述说西德对自己是那么的体贴，“原本我是不想回来的，但他担心我在那里过得没家里如意，于是，我还是想乖乖听话，不能惹他心疼，就回来啦。”

当克里丝缇娜愤愤将这些告诉苏的时候，怂恿着苏按西德来信的地址写封信去：“或者，你也直接去一趟吧，我陪你！”苏很感激克里丝缇娜嬷嬷的这份操心，但从小不在父母亲身边长大的她，那份默默隐藏自己心事而生的伤感让她从不会直接的追究自己想要的答案，他们的故事她不愿意听，对于嬷嬷的提议，她也不愿意更不敢去尝试，她怕追寻的结果会是自己最不能接受的那一个，那么，我宁愿麻醉着自己，假装不知道。可心里却又回避不了，无法避免要相信。

人生本就是一个又一个悲伤的故事组成。

既然不能自己主宰自己的命运，就要学着逆来顺受。

我和你之间的爱情故事要怎么进行下去？不确定。

我爱你，我恨你！

托德也听说了艾希娅从西德那里回来的消息了，他站在苏的房间门口，看着她发呆的目光找不到终点，那种痴痴可怜的样子。多想安慰下屋里这个已经猜不出心境的曾经的精灵。

他进了屋，悄悄坐着她的身边，小心又舍不得打扰她营造的梦境，他的心疼，苏能不能感受？

托德以未婚夫的名义牵过苏的手，她没任何的回应。他将它放在自己胸膛，轻轻拍拍那个地方："这里，疼！"苏还是面无表情的发呆，没做任何改变，但泪水一点点急速聚集，终于一滴又一滴，落了下来。

揪心的一痛，对托德这是第一次！

她回头看着他，仔细看了好久，泪珠跌落都没顾得上眨眼，透着许久的内疚。突然，她看着看着就笑了，笑得灿烂明媚，点亮了他的脸庞。他也笑了，冲着她回报着那样温柔爱惜的微笑，满满尽是暖意。他喜欢看她笑，从小就喜欢这样天真没有一丝忧郁的笑容，她一笑，她现在抚着的地方就不疼了。

托德看着她那苍白的小嘴，有种莫名的冲动，他有点犹豫，但按捺不住内心一点悸动，他吻了下去……甜甜的，就像她一样。

苏也迎合地接受着托德的吻，这样做，是太想心里那个人？还是要弥补眼前这可怜人的亏欠？

没遭到拒绝的托德吻着自己心爱的女人，他忘了自己曾经多么艰难的等待，也忘记她心里这一刻还写着别人的名字。

他只知道她的现在是他的！

手交错在她婀娜的后背，吻轻柔地落在了她的唇边、脸颊、颈间……一步一步想将她整个地吞食，占为己有后就再也不要还给任何人。床边开始凌乱的不止是洁白的床褥，还有她的裙摆和他的衬衣。撒得一地的干柴烈火，只有熊熊燃烧之情意……

她在情窦初开时就在脑海里想象着与西德的场景，如今却是和托德在放肆地做着，他们，忘情，忘己。

他们赤裸地拥着彼此还坚守着最后的防守，托德停止了所有动作，把她压在身下紧抱着，爱怜又温情地看了又看，原本这样就可以得到她，但又舍不得要她，但还是想要她！苏看着他的眼睛，早已干涸的泪水一时间又涌了出来，有些茫然，不知自己在做些什么，突然像触了电一样，一把收回了摸索在他背上的手，更是想要推开他："不，你不是他……"

不，你不是他！

刚刚激起的热烈被她无情浇灭，这一句话冻住了他的所有：他的身体、他的心……他僵硬地放开了她，此时两个人才发现刚刚怎么这么狼狈！

托德拾起没有体温的衬衣，却拾不起受挫的自尊。她还是爱着西德，心在爱，身体也在爱，她还僵持在对他貌似无望的等待里，他终于明白了。

托德收拾着自己被抛得一地的哀伤，坐在床边低头失神了，没多久，站起身，沉默地抓起外衣，都没回头看她一眼，离开了房间，空气了只剩下她轻柔的呼吸：越静越尴尬，愈尴尬愈想要逃离。

苏还包裹在被子里，翻过身抱着裸露的手臂，眼神飘渺在窗外，听见身后他关门的声音，枕头溅湿了，对不起，托德，从今天起，我亏欠你的已越来越多，数不清也数不尽，要怎么还你？我什么也做不到，什么也做不好！

可西德，我爱你，什么都可以怀疑，但我是真的爱你，谁也不能将你代替。

今天，就是最好的证明。

# 第28章

雨水在地上积攒出一面又一面镜子，试图修复大地的凹凸，倒映着雨后晴朗的蓝天，干干净净一朵云彩也没有，偶有一丝风吹过的时候，水纹涟漪，花了倒影，迷乱了心情，时日在一天天走过，苏还等着他：从美好到期待，从期待到隐忍，从隐忍到不安……

等着等着，一年，其实不长也不短。

不远处，苏看到工匠们在忙碌着新盖的房屋，虽然从来不关心，但细细算来，也差不多盖了有一年了吧，这幢房子可真是漂亮，看着看着，她想起了以前自己向西德说过的那个心里的世外桃源，如果有一天，有人也在某处为我造这样一幢房子，那该多好，那个人，那个西德……苏想着想着，难免有些开心了，看着盖房的工匠们在忙碌地敲打，听到叮叮当当不整齐的声音……肆意地独自发着呆，沉浸在自己的幻想里。

她看着面前浅浅小水坑里倒映的天空在发呆，这时一块小石子就闯了进来，惊慌了原本平静安分的水面，一波一波躁动的纹路久久不散。苏也被惊了，抬头看看，原来是艾希娅。

“都要举办婚礼了，还想什么呢？”艾希娅笑笑问着苏，她的笑显露出她的不怀好意。

苏很不喜欢眼前这个威胁着她与西德之间的女子，却还是要假装什么事也没有发生全然不在乎的样子：“没什么。”说完还勉强着笑了笑。“其实有什么可以说说，憋在心里多不好受。”苏轻轻叹了一声，“你不会明白的。”

于是，说完也就站起身离开了。

艾希娅叫了她几声，想要留住苏，但苏还是没理会的自顾离开了，气急败坏的艾希娅又将一颗石子狠狠击进了刚刚才恢复平静的小水坑里，跺着脚愤懑地独自走了。

其实，苏知道艾希娅想要说什么，她会假装不经意地提起西德与她之间那些事，那种不经意却很经意地像暗箭击中苏的伤心处，很痛。有时好想恶斥她别再说下去，可天生懦懦的性格，苏只会傻傻的听着，忍到没人的时候才会撕心裂肺的哭着，或咬着嘴角或用力绞着手指，甚至是牙齿咬嵌在手腕里的故意的疼痛……做这些，只想不能哭出声，不能让别人知道，更是想用来自身体的痛楚去盖过阵阵来自心口的心疼，可又怎么能盖得住？

而今天虽然没听到艾希娅说她想要说的话，可怜的苏还是没能幸免被心虐，没例外的又独自躲在自己房间里哭了，她的折磨不是源于艾希娅用心的恶意，也不是源于等待西德至今都没有的消息，而是来自她自己，她太爱西德了，爱到眼泪不听使唤。

西德，遇到你，我听见了花开的声音，我将自己最柔软的地方，暴露在了最冷的月份里，这些，全部都是因为我爱你。

花城，我只想给你一座花城，

花城，花开一季后就荒了城。

你曾说一年后你就会回来找我，要我等，我在等，一直等，可你走之后发生了什么，等你渐渐变得好艰难，这些艰难却只有我一个人知道，只能是我一个人承担。因为可以见到你，可以和你走，可是现在却越来越煎熬着时间可不可以停下，因为我怕等不到，因为我既要成为别人的新娘。

怎么突然觉得等不到了呢?

逼迫自己不能有这样的念头，却还是不断有这样的预感涌在脑海里，我担心，我害怕，却不得不要承受。

# 第29章

这个月过的时间比及已经过去的十一个月还要来得漫长，家人为筹备自己同托德的婚礼好似更忙了，比起一年前西德的婚礼，这一次显然没有那样隆重，最主要的还是因为缺少了亨特太太那特别用意的“参与”，于是也就没人通知家族各地的那些亲朋好友前来参加。

只有那幢美丽的房子，盖了一年，完工的时候矗立在绿绿的草地里，格外新，格外美，也格外引人注意，苏现在才知道，原来这份美丽是托德给新娘的结婚礼物，他要给她一个惊喜，他要给她一个家。

托德，谢谢你。

可我还是想要跟他走。

从来都只有感动，却没有感受幸福，这样的婚姻我们能不能长久？

哪怕时隔这么久，我还是没有动摇，我的身体还是要等他，心也还是在他那里，再也回不来了，此生所有的精神动力都已放他的身上。

托德，对不起。我还是不能嫁给你。

可是，这都已是最后一晚了！西德还是没有回来！

苏这一年一直活在担心里，熬了365个日夜，在这等待的最后一天里，从彻夜无眠、从收拾私奔的包袱、从清晨等到日出、从午餐时心不在焉望着窗外、从骑马奔到西坳的路口张望，直到傍晚看着日落……也没有见到你。

去年的今天，也是西坳这棵大树下，夕阳的余晖也如这一刻艳丽，只是现在却少了你。苏脑海里清晰重复着他的每一句话。花瓣纷飞的香气当时是那样迷醉着她的心，西德，我在等你呀，预想了千万次你能从路的那边骑马而来……可惜，可惜你始终没有！

夜色已经将她悄悄掩埋，她浑身无力。

现在这个残局，怎么也接受不了。

他负了她，千真万确，实实在在是负了。西德，你不再关心今夜等不到你，你的苏该怎么办，承诺还在，字字句句她都能背，早已刻在了心底，每个字都像种子从心里开始发芽，长成了大树，枝丫伸展到了全身，碾进了脑子里。突然有想哭的委屈，却怎么也哭不出来，也许眼泪都已经枯了，从小到大，这一年为他流的泪已太多太多，现在心麻木了。

最后，苏牵起她的马，原路走着只有回去了。

明天那场婚礼，到底该不该妥协？

她路经那幢新房，低头看了看昨天托德交予自己手里的钥匙，倒吸了一口气，握在小拳头里，不知道在想些什么，不知道该想些什么，想着想着……无论情愿还是不情愿，最后还是要回家了。

# 第30章

“好美的新娘！”

青瓷这样欣赏着镜子里的苏，15岁的她突然好羡慕，青瓷是听说哥哥姐姐之间的感情的，只是幼小的年纪还体会不了其中复杂的脉络，就好像现在托德要娶苏一样，在青瓷眼里，只觉得是件好幸福的事，此刻她想起了她的阿姆斯特朗，如果他也愿意娶她，如果他也能像托德那样造幢房子给她，跟他一辈子，青瓷是愿意的，哪怕，她这个年纪根本不知道一辈子不是永远那么简单，但就是想要和他在一起。

苏看着镜子里的自己，并没有多么的娇媚，泯唇微笑才有的神采奕奕此生只想让那个人看，最终却是妄想。

凌晨就开始麻木地洗浴、麻木地更衣、麻木地装扮……全是麻木的，包括了麻木的表情，还有麻木的心理。

现在还要麻木地学着妥协，然后麻木地去做别人的妻子，最后麻木莫名成了母亲，渐渐也就麻木着老去……时间是剂良药，终于，会麻木地死去……还会将那个人麻木地忘记。

眼下将是我的婚礼。

亨特一家送来了贺礼，东西显得有些小家子气。本来在亨特太太眼里，什么都不重要，人情不重要，面子不重要，只有苏结婚对她最有利，这才最重要，而今天苏就要结婚了，无可厚非，都已成定局，亨特太太和她的养孙女这才松了一口气，再没必要担惊受怕，也再没必要蓄意讨好，既然已不需要太在意，甚至可以找找家里不需要的东西当贺礼。

清晨，教堂祝福新人的人已很多，几乎所有村民都来了。大家真心祝福着他们的结合，期盼着一年后，可以看到他们有个可爱的孩子，然后会宝贝接着一个又一个，最后度完美满的一生。

婚姻，可以这么简单的诠释，短短这几句，多少人梦寐以求，却又无法拥有。

教堂大门开启的时候，两边座椅满满全是人，那些熟悉的面孔。见到新娘的到来，他们纷纷回过头，轻轻鼓着掌祝福着，苏的耳边回荡着这些声音，突然，她好害怕。不远处是托德微笑等待着自己，这一切，似梦又非梦。

西德呢？他不在，就算以一个旁观者来参加婚礼，他也没来，除了自己，谁也不会希望他来参加这场婚礼，托德不希望，姑妈不希望，姑父也不希望，亨特家不仅不希望，还会千方百计阻挠。

当托德接过苏的手，他们一同前往教堂，下一刻他们就是真正的夫妻。

“主啊，我们来到你的面前，目睹祝福这对进入神圣婚姻殿堂的男女。照主旨意，二人合为一体，恭行婚礼，终身偕老，地久天长；从此互爱，互助，互教，互信；天父赐福盈门；使夫妇均沾洪恩；圣灵感化；敬爱救主；一生一世主前颂扬”，德克斯特·巴恩斯神父朗读着婚礼致辞，他为他们主持婚礼：“我命令你们在主的面前，坦白任何阻碍你们结合的理由。”又微笑着对新娘说：“苏·特纳，你是否愿意这个男子成为你的丈夫，与他缔结婚约？无论疾病还是健康，或任何其他理由，都爱他，照顾他，尊重他，接纳他，永远对他忠贞不渝，直至生命尽头？”

在婚约即将缔成时，若有任何阻碍结合的事实，或提出，或永远保持缄默。

苏沉默了，或永远保持缄默?

苏重复着这样想，她抬头看到托德真挚的眼神，等待着她的肯定，她回头看看焦急神色等待着她的回答的众人，又久久看着那扇紧闭的大门，心彻底慌了，泪水终于夺眶而出，什么都晚了，对不对?他真的，真真切切，真真实实，真的还是没有回来，她一直不相信，就是不相信，但就是再怎么不愿意相信，他就是没回来。

他抛弃了她!

这一刻，她相信了。

“苏·特纳，你是否愿意托德·特纳成为你的丈夫，与他缔结婚约？无论疾病还是健康，或任何其他理由，都爱他，照顾他，尊重他，接纳他，永远对他忠贞不渝直至生命尽头？”德克斯特·巴恩斯神父又问了一遍，语气有些催促，眼色也有点担心。

“我愿意”，她终于说出了这一句，所有人提到嗓眼的担心终于落了地，所有人都听到了，她说她愿意！

可谁也不知道，教堂那扇让苏看了又看的紧闭的大门，门外就是正要启门的西德！大家都来参加婚礼，俨然没人看到他的回来。

他的手都已放在门栓上，却听到了德克斯特·巴恩斯神父念着她的名字，顿时头就仿佛五雷轰顶一阵嗡嗡作响，他真想破门而入，满心想着不是她背叛，而是怀疑自己的耳朵！

“苏·特纳，你是否愿意托德·特纳成为你的丈夫与他缔结婚约？”当他再次听到德克斯特·巴恩斯神父清晰地又问了一遍，是她的名字，还有托德！不愿意相信命运这样玩笑的捉弄了他，不得不相信，现实真实的摆在了他的面前，必须要相信，但他还是怀揣一丝希望：和里面所有人一样焦急的等待她的答案，只是他想要的和大家都不一样：他要她否定这场婚姻，只要你说你不愿意，我就破门而入，当着这么多人的面，说我要娶你，公开我们的关系，然后带你走。

“我愿意。”确确实实，是她的声音，一年了，他想过多少遍，他们重逢的第一句她会说什么，想了一千遍一万遍，今天听到了，曾经练习上千上万次等她说“我愿意”，怎么都想不到愿意的许诺却是给了自己的弟弟，随后一阵满堂鼓掌声，惊醒了他的绮梦，这些都是真的！

从来他的脾气今天是一定要冲进去的，已经气愤得太阳穴处暴胀着青筋，涨红的眼睛里溢出的眼泪随着咬牙的忍耐还是止不住一滴又一滴，他要推开门进去，他要制止他们，不要她嫁给任何人，可是最后他却什么也没有做，万念俱灰，那准备开门的手狠狠敲在了自己的心口，那一声闷响也压抑不了心疼的滋味欲要人窒息，他跌跌撞撞骑上马，最后快马奔离了教堂，一路不停在哭，心不停在撕裂。

栀秀，你要嫁的人应该是我呀。

苏，我恨你背弃了我们的契约。

西德一路驾马直奔，来到了一个没有人烟的山林，虽然已是中午，山里却还捂着水雾，久久没有散去，阳光努力穿梭在林间，雾蒙蒙的照着万物恩赐它的温暖，这么迷人的静谧，动心的清新。山林里有个被常年积雨攒出来的小湖，然后漫山全是老树的杜娟，火红的花簇，开得朴素又热烈，矮枝的玫瑰还没有到要花开的季节，油绿绿的叶子甚是茂盛，这些去年才被西德栽下去的玫瑰，今年还没迎来它们的初次开放，原本今天是想给苏圆一个承诺，带来一个惊喜，告诉她这就是他给她的世外桃源，此后设想了多少遍在这里永远的生活，就他们两个，仅他们两个。

湖边有幢小木屋，原来，他那些日子一直在忙碌的那个秘密，就是这片山林与这座小房子，当时，以为你可以在这里陪我一辈子，做我唯一的女人。

西德闯进了小屋，此刻已再没有以前的那些小心翼翼，也不再柔情满满，他发疯地粗暴地摔着屋里的每一样东西，它们曾是他亲手备下的，那么让他用心呵护，每样东西都有它们到来的意义，可现在，没有了那个人，这些意义又还有什么意义？

没多久，屋子就被摔得凌乱不堪不成样子，摔累之后就像个孩子，坐在掀翻在地的被子上，头埋进了膝盖，心酸得大声哭嚎了起来。

他一心一意做的这些，一直以为值得，一直记得给过苏一年之后兑现的那个承诺，就连昨天，都还开心的忙碌着这个小屋的最后一样设置，为什么没有遵照承诺按时回去？只是想将这里做得尽善尽美，只是想给她最后一个惊喜，最后一天，他不是不回去，只想做得更完美，以为迟到一天，可以不必在意。

结果这一天，既是天壤之别。

西德根本不知道他觉得迟到一天也无多大关系的这一天，对苏是那么的重要，如今他心里深深烙下的，只有他的努力和心爱的人地背弃，今天苏的婚礼想必是筹备了很久，就在这么久的时日里，他却一直被蒙蔽在自己的世界里，独自等待着幻想中的幻象，苦苦期盼，苦苦等待，可她连信都没回。栀秀，你说过会等我的，为什么要失约？我回来了，你的幸福人生却有了其他人选？

生生世世，不过徒劳一场，白费力气。

背叛的悲伤扼杀了他心境中对爱情所有美丽。从今之后，苏已成一层灰白的记忆，死在了他的世界里。

# 第31章

爱一个人，可以与他相濡以沫；爱一个人，可以为他生儿育女；爱一个人，想要与他白头至死；爱一个人，想要为他生生世世……

托德，这些，我都不能为你做。

对不起，我妥协不来的是我自己。

西德不会知道就在他听到她说“我愿意”之后，他骑马离去的刹那，苏无法在那么多人面前说出她的伤痛，也不会有人理解她的悲伤，只能选择了永远的缄默！

没人察觉她在婚纱的裙摆里藏了那支尖锐的可怕的钢针，就在托德憧憬着美好未来的时候，“对不起”。他莫名听到她含泪的这一句，那支钢针那么迅速刺进了她的胸膛。顿时，鲜血从针尖所在的地方崩然溅出……

实在太突然，惊呆了托德，惊呆了德克斯特·巴恩斯神父，惊呆了埃里克，惊呆了凯瑟琳，惊呆了汉普顿……惊呆了在场的所有人。

先是鸦雀无声的惊讶，当人们反应过来发生什么的时候，全都开始慌乱起来，

“快，快，卡尔文先生”，人群里叫嚷得最多的声音就是恐慌的人们寻找卡尔文医生的声音。

苏的心终于不痛了，手握着钢针体外的那一段。突然，心真的不疼了，她只感觉到自己重重地倒下，跌落在托德赶来的怀抱里，她翘着嘴角看着托德努力笑了笑。托德看着她额头盛出许多细汗，惊慌得心疼了，妻子的鲜血染红了她纯洁的礼服，他的双手全是鲜血的红色。慌忙赶过来的卡尔文医生连忙脱下自己的大衣，大家也跟着纷纷赶来，准备将苏抬出去，苏睁着眼，看着为她匆忙的人们焦急的吵嚷着，她什么也听不见，透过一个个高大的人影，一张张慌张的面孔，她安静看着教堂绘着基督图案的天花板，最近活得好累好累，这一下子好似轻松了，疲惫过后，她真的好想睡，想像个婴儿那样甜美恬静地睡去……教堂的大门被开启，刺痛眼睛的阳光一阵白茫茫，她闭上了眼睛，一滴泪温柔地滑下脸颊，滑进了耳朵里，眼前骤然变黑。

特纳家在这新教堂里的婚礼就像受了诅咒一样，两桩婚姻都是这样震惊了整个村庄。难免的闲言碎语很快散开。

亨特家也被苏突如其来的举动惊住了，亨特太太拉着艾希娅，都没来得顾及亨特先生，就先奔回自己家去了。她要回家去安静下来，仔细思考如今的事究竟是怎么回事，以后的事又该怎么办。就在路上亨特太太还不怀好意自言自语窃喜了一句：“这回，凯瑟琳这女人可真要忙了！”

可见，她那包藏祸心的心肠从没有人命关天的紧张，永远只有自己利益的打算和不安本分的心眼，最后他们商量有了决定：艾希娅得马上收拾行李去找西德，绝对不能让他回来！如果他知道今天发生的这些，他们就真的输了。

除了托德，最担心苏的就是姑母和姑父了，凯瑟琳很着急苏的安危，却爱莫能助，她突然明白自己从一开始就做错了，那么，现在该不该让西德知道？让他回来呢？

主呀，求求你，不要带走可怜的苏，至少还来得及弥补。

当大家都还在担心着苏的时候，艾希娅已经坐着备好的马车，奔驰在去找西德的路上了。

直到傍晚，他们才到达了那里，然而西德却不在。这一刻，艾希娅很紧张，紧张西德该不会那么恰巧也回特纳山庄了吧？正当她还着急着该怎么办的时候，西德回来了，摔毁那间精心的山间小家，拖着平复不了的情绪还有疲惫不堪的身体。他抬头看到了一直在等候自己的艾希娅，已经透支的力气不知又突然从哪里生了出来，什么都没说，也什么都没让艾希娅说，将艾希娅整个人拦腰抱起踹开了门，狠狠丢在床上，就这样要了她，从头到尾还是没能说一句话。

发泄，来自身体，来自内心，或一年，或一天，积攒的所有在这一刻全是发泄。失去了她，和谁在一起，又有什么区别？

不知道此刻的艾希娅又会是种怎样的心情。今天这样意外的迎合着他的索取，是她一直想给予西德的东西。她不想去追究其中的缘由，她只在乎从这一刻起，西德已经是她艾希娅的男人。

两个纠缠赤裸的身体，明明是自己接受着来自他的力量，而他喉咙里低吼的却是“栀秀”这个名字。她难以忍受这个男人心里永远住着那个人，可还是要咬着牙将这些忍下去，毕竟现在自己已经成功了一大半，不能因为更多奢望就要自己半途而废。

她妄自菲薄的以为她可以取代西德心里的这个人。

对于艾希娅难免可笑，那么老谋深算的她也能有这么天真的时候，如此幼稚的想法。

而西德，你到底怎么呢？你用了这样的方式又证明了什么，证明你们谁也回不去了，还是要找个平衡点来忘记苏的背弃？只是这样做，你没惩罚到任何人，只有你自己。

原来，误会面前，原本以为牢不可攻的爱情，也是这样不堪一击，终究输给了时间。

# 第32章

夜幕逐渐拉开天际

公主仍在赴约的路途

天黑之前赶往你的宫殿

匆忙中

幸福散着香

浸湿微笑的礼服

只因今晚能做你舞会的唯一角色

成为你的新娘并得到亲吻

然后窃喜你知道的仅只汪洋的破晓

却不知道我爱上你

就在破晓那一瞬间

我舍弃了歌喉

全是为你不再做人鱼公主

回忆你沉睡中呢喃着爱我

这一切美丽的往昔
预示着许多未来的未及
当黑夜吞噬了整个城镇
乐曲已经响满全城
在我还未赶到之前
宫殿的舞池多了一只飞翔的蝴蝶
而就在我心碎的刹那
我的泪却没人看见
有关所有邂逅的假设
只是一场徒劳的筹备
此时此刻
王子仍是王子
公主却已不再
于是曾经
突然我心石沉大海
化做一层泡沫
飘散在你的国度
忘记爱
纪念爱
然后
永远的永远
永远的睡去

苏重新睁开了她的双眼，她没死，在昏睡了三天三夜后。

钢针穿过了乳房刺在了肋骨上，还好，这条命是捡回来了。

她什么也不说，从醒来开始就只有一个劲无声的哭泣，哭泣爱情的消失，还是哭泣又要重新面对这无情的人生？

托德在床边陪了她一个又一个夜晚，给予了一个丈夫对妻子莫大的爱与关心，苏心里深知亏欠托德的越来越多，多到该说多少“对不起”她自己也不记得了。那么，苏也开始怀疑了，是不是真的应该和托德在一起，忘记曾经那段记忆以及记忆里的那个人？平静的生活下去，托德一次次原谅着自己对他有意无意的伤害，包容着自己心里已装满西德的事实，还是一样不离不弃。“该不该相信，这既是宿命的安排，有些人就是不能走到一起的？”劝了自己很久很久，劝到自己也都信以为真，苏轻轻握了握自己手里他的手掌，托德醒了，眼睛里布满血丝，一副劳累不堪的样子，托德冲她微微笑了笑，轻轻拍拍在他手心里的手，又小心的将它放进被子里，这无声的场景从她那天昏睡醒来就每天不厌的重复着，托德照顾她照顾得无微不至，是爱她，真的太爱她了，一直在等待，默默等待了很久很久。他想要苏做自己的妻子，等待的时间一点也不比西德短，只是遗憾他始终没住进她的心里，不然他一定会比西德对她还要好：他舍不得她哭泣，舍不得她委屈，更舍不得她这样伤害着自己，舍不得……还舍不得她不与自己在一起，舍不得照顾她一辈子的人不是自己……可事与愿违，她却宁愿死，也不愿将西德忘记，那么，她的心里别人又怎么住得进去？

苏还是那样爱着西德，可以与他相濡以沫，可以为他生儿育女，想要与他白头至死，想要为他生生世世……

这些换作以前是多么幸福的期待，怎么随着时迁的变化，却成了一块心病，有些不由自主，每每想起他，更多的还是被他抛弃的悲伤。

这些都可以放一旁，在托德的陪伴下，相信苏会慢慢好起来的，无论是哪一块伤痛，她会在将来的平静与平淡里慢慢愈合，然后渐渐去遗忘。

也就是这个下午，阿姆斯特朗·裴波又意外的造访了特纳部落这个小村庄，谁也不知道这一次他的到来只为揣着两件事，一件是通知大家，西德·特纳与艾希娅·亨特已在城里结婚的消息，还有一件是告诉青瓷他已单身，为了她也为了自己回去后没完没了的思念，他最终解除了婚约。

于是对于阿姆斯特朗·裴波的到来，特纳家两个年轻的女人。一个将是莫大的欢喜，一个则将是灭顶的灾难。

“西德和艾希娅结婚呢？”阿姆斯特朗的这个消息惊呆了在座的各位，他们诧异这多么的不可思议，娶艾希娅，西德当初是那样坚决的不愿意，毅然决然宁可选择出走也不要妥协的那场婚礼，怎么现在却突然说在一起了呢?

听说这个消息克里丝缇娜心也揪紧了，苏还躺在床上养着伤，知道隐情的人不难猜出她为什么会变成现在这个样子，无非就是因为心里深深埋藏着这个人。而今西德结婚的消息就这样传回特纳家，换做其他有关西德的消息，她确实好想马上就去告诉苏，可这个消息又怎么能够告诉她，这样如同尖刀刺她又有什么区别？

但消息还是像长了翅膀一样飞得满城风雨。

苏最后还是听说了，不是阿姆斯特朗这里，而是亨特太太那里。

对于本来外伤就还没有痊愈的苏，这确实是个致命的打击，她都已经开始学着忘记，原来，现在才明白，起初相信自己能做到忽略这段记忆，只是因为已经太久没有他的消息，渐渐连自己都开始怀疑这些回忆是真是假，慢慢学着妥协。可当得知西德娶了艾希娅那一刻起，虚弱的她又一次卷缩回到那个冰窟里，瓦解了之前最后一丝的努力。谁也救不了她，或许，她爱他，一开始就是无药可救，无计可施的一场劫难。

她冻结了所有表情，僵冻在脸庞的，只有无神的绝望，泪珠滚呀滚呀，滚了好久她才哭出声来，这一声真叫人痛彻心扉。

西德，爱恨可以不分，责任可以不问，我只知道我已经永永远远失去了你……

她呆了，也傻了，心也死了。

除了哭，还是哭，没完没了、日日夜夜、不吃也不喝，这样下去，苏也会跟随着还爱着他的心，一起死去。

心疼了所有人，不心疼的，只有苏自己。

# 第33章

全家人都在担心苏能不能支撑下去。做为局外人，阿姆斯特朗也在为苏的爱情感到惋惜，更为之所动的是她对爱情的坚贞不渝。谁也想不明白西德怎么这样背弃了苏的真心，人们还记得他以前也曾那样至死不渝的爱过她，也许……什么都敌不过时间，时间可以改变的东西实在是太多太多了。

苏，只求我们的祈祷能让你慢慢好起来。

可是，可怜的人，哭泣陪过你每分每秒，透支了你的体力，倾注了全部悲伤，你又要什么时候才能好起来？

每日每夜，托德始终陪在苏身边看护着她，尽管守着她的无望他很心酸，但他也只能将其悄悄藏进自己心里，相信有一天她终于是可以止住哭泣的，然后只要自己能陪她清空这段可怕的记忆，重新搭建爱情的美好就好，所谓美好，他再也不会让她受伤害。可完成这些又要多大的耐心？托德从不怀疑自己有这样的耐心，因为他会一直等一直等……无论这一天什么时候到来，他都能等。

终于，在这样一个清晨，苏止住了哭。

阳光依旧温暖，清风仍是拂面的温柔。

可她却怎么也等不来天亮。

苏睡不着已经一整夜了，躺在床上等天亮等得好久，慢慢就有点计较时间走得好慢，开始害怕起漫无尽头的黑夜来，最后她不得不起身，开始摸床柜上的灯：怎么这一夜可以这么漫长？长得放大了她的孤单，害怕让这满屋的漆黑变得浓烈。慌乱中摸索的手将柜上的东西抹倒在地，她还在寻找……

刚从门外进来的托德见此情此景连忙赶到了她的身边，收拾着从柜上掉下的东西，一边收拾一边才反应过来今天的苏有些异样，他抬起了头，停止了手里的动作，将东西随处放下，他明白了她在找灯，同时也意识到她还没有感受到阳光早就照晒到她的额前，甚至已经弥漫撒了整个房间。

这一刻，他什么也没说，只是一把把她抓在怀中，牢牢的用尽力气，像个孩子正在丢失最宝贵的东西，无助地痛哭起来，那刻心如刀割，只有经历过的人才能明白。

这天，她平静接受了一个事实：她瞎了，从此什么都再也看不见，看不见窗外绿油的草地，看不见天空的飞鸟，看不见撒到额头的阳光，看不见山坳里整片整片的野花，看不见通往城镇的路口，看不见那纷美飘散的花雨，看不见照顾自己已日渐消瘦的托德，看不见心疼自己一脸着急的姑妈，看不见克里丝缇娜嬷嬷，看不见……什么都看不见了，他们都会同西德一样，一起永远活在了她的记忆里。

她显得太平静，反而难过了身边的所有人。

她没哭，她问卡尔文医生，是不是我真的再也看不见，复明希望很渺茫；

她没哭，她问托德，你是不是真的为我建了那幢美丽的房子，要我住在里面；

她没哭，她问姑母，我可不可以为自己活一次，自私一点点；

她没哭，她问巴恩斯神父，我可不可以有幢房子做修道院，嫁给上帝；

她没哭，她问姑父，谢谢你们的照顾，现在能不能尊重我所有的决定……

# 第34章

白月光偷撒进了窗

挤兑完心里的明朗

深夜开始变得很迷茫

清风的颜色有些悲惨

此时你的歌在为谁唱

谁让你如此的凄凉

歌声重复着惆怅

是他停留在心上

你说时间曾不停在划桨

却怎么也划不出记忆的池塘

水波回荡着撵走了希望

原来有个人你永远未能忘

关于他是不是不心甘

才用了泪光自己在疗伤

后来的往事早陈旧不堪

你却一直带身旁

结果成了一辈子的慌忙……

胸口那钢针的刺伤还在隐隐作痛没有痊愈，苏就从特纳山庄自己的房间里独自一个人搬进了那幢美丽的新房子里。当初这幢房子的存在是为了迎接新娘的入住，今天的苏却是以修女的名义开启这里的大门，托德亲手建造的幸福港湾，却成了苏最后的避难所，原是新婚的私宅，现在却是一幢一个人的修道院。

苏用了这样的方式祭奠了她与西德的爱情，她将他抛弃的那段年岁小心翼翼点点滴滴全收藏在了心里，一个人小心保存，轻轻地不再被打扰，两个人的过去沉浸了她一个人的未来。

哀莫大于心死。她对自己说，那个栀秀，从今往后，这个世上已经不再有。

青瓷去修道院里陪了苏很久很久，两人都是沉默了又沉默……她只想好好陪陪苏，担心一个人时她也会害怕，却又不敢轻易安慰她，只能静静陪着，哪怕什么也不说也好呀。

苏已经什么都看不见了，却在黯然的眼神里仍然隐约充斥着期盼。青瓷知道虽然事到如今看似苏已将西德彻底放弃，但不难猜出她还是那样深爱着，这样的爱情不能在一起只叫人抱憾终身。突然青瓷看着眼前的苏有种想哭的冲动，西德为什么不回来，哪怕是自己的哥哥，她此刻看着苏的可怜，对西德也心生厌恨。

关于最近发生在苏身上和周边的这些大小事，渐渐地人们也不再频繁的提起，混乱杂错的时日就这样风平浪静一去不返。

青瓷轻轻吁嘘自己的幸运，比起苏的遭遇，自己都开始羡慕自己，遇到的爱人如此爱她，为她可以放弃前半生根深蒂固的生活，这样真真切切来到了她的面前，急不可待的要与自己在一起，甜蜜灌溉了她的初恋，她是真的幸福，让人羡慕的幸福。感谢你，阿姆斯特朗，没说让我等你，却让我等到了你。

在这段清爽的日子里，青瓷在阿姆斯特朗给予的爱情里滋养着，第一次感受到了爱情的甜蜜，她仿佛懂了为什么苏那样怕失去，失去了又那样悲不自胜的伤害着自己。原来是爱情，有了爱情就有了欲望，有了喜怒哀乐，也有了生命的意义。

可青瓷如此看似完美的幸福里也会有难言之隐，这份难言来自阿姆斯特朗，随着爱情的冲动一点点消退，他开始有点怀念自己曾经的生活，以及原来那个与现状如此格格不入的自己，但他还是坚定着自己对青瓷的爱，心里一遍一遍重复着提醒自己不能没有青瓷，从一开始就那样肯定的放弃了一切，只求今日的每时每刻能与她在一起就知足了。

但他们的爱情最终也逃不出背道而驰的的命运。

阿姆斯特朗先前的未婚妻驱车来到了特纳山庄，她还是忘不下她的阿姆斯特朗，她想他，想做最后的挽留。当这个执著的姑娘一路崎岖打听来到了这里时，终于明白了未婚夫撤销婚约的原因，眼前被他牵着的这个女子如此的惊艳，压抑得她心头一阵难过，面对这样一个美貌的女子，哪有男人会不动心呢？于是才见到他们的那一刹那，她就知道自己这趟已是白费，一路马车苦苦的追寻，自己是那么的天真幼稚，她肯定阿姆斯特朗的心是回不来了！

阿姆斯特朗慌忙放开了青瓷的手，他们三个都慌张、尴尬，还有沉默，青瓷早已面红耳赤，虽然不知道她的名字，但也能猜出她是谁，如果不是因为自己，现在她或许已是一个过着平静富足生活的少妇，是自己毁了她的一切美梦，无论有心还是无意。

青瓷从未问过爱人他未婚妻的名字，她不想知道是担心自己内心会一辈子觉得亏欠这个名字的主人。现在却知道了，伊莲，就是眼前这个人。

伊莲在特纳家停留了一个夜晚，第二天就匆匆告辞了，她在特纳停留的半天里，没有哭，没有闹，更没有抱怨，反而温柔大方地说着对青瓷的祝福，青瓷明白伊莲这是选择了最终大度的退出。

一阵马蹄铃铛的声响，载着伊莲的马车消失在山路的尽头。

青瓷没有去送行，只是躲在房间里窥望着窗帘外面渐行渐远的马车，心里一阵极大的内疚，那种惭愧叫人一点也不好受。

她一下子感受到，原来自己的幸福是从伊莲无奈的宽容里换来的，她看着送行的家人往家里说笑着走来。人群里面她的阿姆斯特朗独自一个人走着，看得出来他满腹心事，一点也不快乐，没有与旁人闲聊的功夫，顾自低头沉思着。

她猜测阿姆斯特朗是离不开他以前的生活的，而她有的仅是迷惑住他却不能永恒的美貌，仅是初恋时逗人心弦却无法长久的娇情；给他的也无非只是爱情的新鲜。她已越来越肯定刚刚离开的那个人才是真正爱他的人，不然怎么能够辛苦追寻到了这里，最后还接受了他的新欢，成全了他们，忍着泪选择了独自离开？而这些，自己是永远也不会有勇气为他去做的。

关于那个成功的中年以及美满的晚年，她预见自己给不了他。

她犹豫了，阿姆斯特朗，你以前是个有抱负追求的人，你天生俱有的那些尖锐不值得为我去磨平，更不能与我这样平庸地一直过下去。幸福突然觉得是个错误。

她坐在家中花园走廊的石阶上发着呆，犹豫不定迟迟没有下定主意发着愁，路过的父亲看见了，走过来轻轻坐在了她的身旁，埃里克本人是很喜欢阿姆斯特朗这个年轻人的，对于阿姆斯特朗与女儿之间微妙的关系，他也从来没有异议，但那个叫“伊莲”的阿姆斯特朗的表妹的到来，埃里克看出了他们之中的纠结。

“我相信你能做出最明智的选择，因为你是我的女儿！”

然后起身慈爱地轻拍着她的肩头，青瓷仰头看着父亲微翘的嘴角，莫名有点要哭的感动，点了点头，她知道父亲说的“最明智的选择”是什么，不是一贯小姐的骄傲，也不是公主般的蛮横，而是成熟路上必须要经历的成长。

我想我要放弃了，我能面对她那绝望而无辜的眼神，却无法面对自己内心的那份压抑，我不能背负着对她的愧疚与你一生一世。

我要把你还给她，只有她才能给你真正属于你的生活；

我要把你还给她，以后也许你也觉得这个决定是对的；

我要把你还给她，但你要记得我也是爱着你的呀。

最后，阿姆斯特朗也没有多问青瓷为什么要放弃，她想什么他心里其实都明白，确实，在这里与青瓷相守到老，并不是他想要的生活，他有他的政治抱负，他有他更重要的梦想，他带不走她，就算真的带走了她，对于他的仕途未来，她却给不了他最直接的帮助。

而那个被他抛弃的女人，她的到来与她不吵不闹包容的退出一下子灼伤了他的心，突然变得没有精力再打整自己的爱情，说实话，面对她们中的谁，他都觉得自己很无奈，谁都对不起，也就无心再打理心绪了。

和青瓷在一起的这段时日真的很美妙，有时爱情或许确实不需要在一起长相厮守，因为岁月的变迁与相处的磨合迟早会让两个相爱的人也会产生分歧，有矛盾、有厌恶……这样的爱情不完美。

他们的爱情就这样戛然而止，没太多的理由，没太多的抱歉，只有友好的分手，微笑的祝福。两个人将对方装进了心里最美的地方，选择了分离。

几天后，阿姆斯特朗一个人独自离开了特纳山庄。他最终选择了回去继续从前的生活，这段就像一则童话的艳遇将它秘藏起来，在余生里偶尔去回忆。

他的离开，她短暂的幸福也就无疾而终了，心空空的不是滋味，但一想起因为自己的舍弃，换来另外两个人一生的安定，她心里还是会勉强好受一点点。

有没有人这样问过，能理智取舍的爱情，是不是就不是真正的爱情?

不，是爱情！有些人可以将爱私藏心底，与更合适自己的人在一起共同来谋取安稳而安静的婚姻，那个爱人在自己心底永远都是胸前那颗朱砂痣一样存在、深埋，神秘又神圣。

爱一个人有很多方式，比如给他一个比自己适合他的人，他会过得更殷实；爱一个人有很多方式，比如努力让自己过得很好，他听说的时候就不会太担心；爱一个人有很多方式，比如留下一个我们的故事，这样爱情就只有美好的那段。

不一定要爱到可以为他生，也不一定要爱到可以为她死。

爱人，我爱你。

于是，我放弃。

# 第35章

阿姆斯特朗走后，青瓷来苏这里的时间更多了，她不敢给自己空余的时间，想尽一切办法在醒着的时候总要找些事情来做，这些都是因为害怕自己会想他。

她听苏说着苏的爱情，第一次静下心来好好阅读苏的过去。

她第一次听说苏是那么想家，想异国他乡的父母双亲，她第一次知道苏一直活在寄人篱下的胆小里，她第一次明白苏一直想尊重自己的决定却不得不考虑周围人的想法，她第一次发现曾经平日里欢快的苏心里藏掖着那么多灰暗的心事，她第一次知晓苏自杀回避的不止是负了心的西德，还有她亏欠了却给不了他一辈子幸福的托德。

这一刻她突然很怀念她的阿姆斯特朗。

爱一个人就应该要他幸福。

这幸福不一定非要是自己亲手给他的！或许，将来有一天他真正幸福了，他会感激青瓷的，哪怕，那份幸福已是其他人代替她来给予的。

阿姆斯特朗要结婚了，这个消息是伊莲写信告诉青瓷的，美丽流畅的行文间都表达着对青瓷的感激，“你的伊莲”，她的落款带着满心的真诚盛情邀请青瓷能参加他们的婚礼。

祝你们幸福，裴波夫妇。

说实话，说不难过一定很假。但他们的婚礼自己该不该去？青瓷一直在犹豫。

最后，父亲也收到奥德里奇·裴波将军的请柬，作为特纳家庭的一员，她又一次被邀请，所以这场婚礼她还是要去的。其实在她心底，她是想要去的，想见见他，虽然是以这种令人惋惜的方式。

奥德里奇·裴波将军大儿子的婚礼肯定是相当盛大的场面，青瓷以一个旁观人、证婚人的角色看着他们宣读誓言，看着他们交换戒指，看着他们相互拥吻……

眼角一丝被惊动的清凉，是泪遏制不住真情的流露。

祝你们幸福，也祝自己幸福。

青瓷确实应该祝自己幸福，因为在紧接着的宴会上她就将邂逅她一生最爱的那一个人。

他们在此之前对方在世界的哪一个地方一无所知，他们一无所知在此之前对方有什么癖好会是和自己一样，他们一无所知在此之前对方曾不小心爱过谁，他们一无所知在此之前对方心里清空的记忆又将装下些什么，他们……他们一无所知在此之前的对方今天正在赶往遇见彼此的路上，差一秒差一步都还是遇不到，这一秒这一步终于还是要遇到！

换作曾经这么多人的聚会里，青瓷一定会虚伪的依占着自己的美貌高傲地招摇，在达官贵人间展示着自己的美丽，倾倒年轻的男子一个又一个。可今天，她却陷在了已是新郎的阿姆斯特朗的初恋情结里，像只受伤的小鹿静静在角落里舔伤，生怕有谁发现她的悲伤。

拜伦·斯托克看见了角落里的她。

像所有的血气方刚的小伙子一样，看见青瓷第一眼，年轻的拜伦就对她一见钟情，沉入情网不可自拔。因为她的存在，顿时让那个角落在他眼里无限扩大，大到可以掩饰掉整个宴会的热闹。她身上黄色的礼裙如朵含苞的玫瑰，等不及马上就要绽放，在他眼里玫瑰的花瓣正从紧紧的包裹里一片接一片地苏展又苏展……展得他眼里装不下宴会上的其他人，心里这一秒就认定了她，再美的美人，除了她，一瞬间都黯然失色。

可惜两情相悦的事，这世上很少。

尽管拜伦是富豪斯托克先生的独生子，尽管他有教养，也有令人仰慕的学识，尽管他天生就生得一副讨姑娘们喜欢的颜貌，以及温尔儒雅的气质，但青瓷还是没能接受他的爱，她的心还没来得及清空，那一丁点角落暂时还放不下其他人。

宴会过后，青瓷坐着自家的马车跟同家人安静地回到了特纳山庄。向来，异性炽热的追求她都不会太珍惜，就在特纳庄园的小山村里，她早已习惯了年轻小伙看她时暧昧的眼神，也习惯了天生美貌赋予她的高傲。她只是想等一个她爱的人，一个能让她第一眼就爱上他的人，比如她的阿姆斯特朗。经历了阿姆斯特朗后，在青瓷稚嫩的身体里的心已经日渐成熟，她不再渴望像以前那样到处招摇四处炫耀，开始隐约知道了美貌是以身俱来的好运气，不能浪费，要小心珍惜，也要小心保藏，自己的美并不是廉价得每个人都可以看，有资格分享的只有那个自己深爱的男人。

宴会过后，拜伦的追求明显抓紧了，花样百出的浪漫羡煞旁人，惊动了整个特纳山庄。

渐渐，青瓷开始犹豫了，“他是真的爱我吗，比任何人都爱？”至少没有谁可以像拜伦那样执著的爱慕自己，而且不难看出全家人是那样喜欢这个来自斯托克家族的独生子，特别是她的母亲。确实，被他喜欢是多少姑娘多少家庭梦寐以求的事情，但偏偏就是这样一个优秀的年轻人却那样赤诚地表达着对自己的爱意，自己却自始自终无动于衷？

拜伦，我该不该接受你？

其实青瓷有了这些想法，就已经出卖了她曾经许诺给阿姆斯特朗一个人的心，她的潜意识早开始动摇，她确实是在等一个像拜伦这样的爱人：这样的爱她，诚实而美好；那样的出身，高贵而优雅。不仅满足了青瓷对爱情那份青涩的追求，还填充了她以身俱来虚荣的心。只是拜伦出现的时间或太晚，应该在她遇到阿姆斯特朗之前，也或太早，应该在她忘记阿姆斯特朗之后，他偏偏就只出现在这时候。

拜伦一厢情愿地追求终于在一个阴雨的天气里有了转机。

那天，窗外的雨正哗啦啦冲洗着窗上的灰土尘埃，光线昏暗的傍晚没有雷声，只有云彩里偶尔一闪而过的电光，虽然是阴天，却很平静的夜晚。

“如果是你，你会做什么选择？”在苏的房里，青瓷这样问着苏，对于拜伦，她早犹豫了。

苏反而平淡地问：“你自己内心早有了答案，又何苦问了一个又一个人来决定选择？”

青瓷心里确实早就有了答案，她想和拜伦在一起。

关于以后，她真的不清楚自己会不会爱上拜伦，就像拜伦如今这样爱着自己一样，但她还是想要尝试，她想和他在一起。

窗外的雨渐渐小了，毛毛地飘在空气中，柔弱的、柔软的。青瓷看了看夜幕渐临的雨天，向苏道着晚安便要回家了。刚从修道院出来，没带雨具的她看着空中弥漫的雨气，只能轻轻提拢了领口，白皙的手遮住额前的发丝，提起裙摆想要快点回家去，就在这时，一件大衣替她遮住了阴霾的天空，一股成熟而诱惑的淡淡体香从衣服里铺天而降，她惊慌着忙抬头看，是拜伦，她笑了，你怎么可以给我这么多的惊喜。

她今晚就在这绵绵的细雨里，躲在他的温热下，被他深深的吻着。这一刻，她心颤了，体会到这应该就是心动的声音。

# 第36章

在所有人眼里，青瓷就是被众神亲吻过后才降临人间的天使，因为上天给予她的宠爱自她出生那天起就已太多，其中上天赋予她的财富似乎对于其他人都有些不公平了。

她确实令人羡慕、惹人妒忌。甚至，就连刚失恋剩下的失落都没有持续太久，就被拜伦的爱情给完全淹没了。

也许来自拜伦的呵护日渐习惯，让青瓷觉得这些幸福来得实在太容易，他对自己的好本来就是理所当然，她从不担心拜伦会像阿姆斯特朗那样让她猜不透，也从不担心拜伦会让她做出取舍的决定，总之，她根深蒂固地以为拜伦是永远都不会离开她的，因为他太爱自己了。渐渐，她在他面前随意发着自己的小脾气，耍着自己的小计谋。

如果拜伦最后还是选择离开了青瓷，那么，也是因为要离开青瓷的太自负。

青瓷喜欢试探拜伦对自己的真心，她想他爱他就可以包容她的一切，可以不离不弃。

她会调皮地拉着拜伦在草地上茫无目的地奔跑，一路银铃似的笑声不停，跑累了才会想要停下来。

如若跑到一个水洼旁，有时她要停下来，突发奇想指着水洼中间一株盛开的花抬头便问拜伦："你爱不爱我？"拜伦低头要吻她，她扭着头淘气的不停躲避，手指着刚刚那个方向，"不是，我是要那枝花！"

拜伦每次都不曾犹豫就会跳进水洼里，水浸湿了裤子淹过了他的膝盖。他爱她过于痴迷，她的任何要求他都不会拒绝，他要给她的是他所有的爱，世间所有的爱。

每当这个时候，青瓷总会一阵幸福的得意从心里一阵又一阵漫上来，弥漫成了笑容绽放在了脸上，她不会接过拜伦递过来的花，而是一把小野蛮地拽过拜伦："你真傻！"然后在他怀里深情的吻着，不在乎他身上的水也染湿了自己的裙纱。

不知从什么时候开始，青瓷开始执迷起这些与拜伦之间的小试探以及小把戏，拜伦的爱在它们的演绎下给了她许许多多的小满足，她明明知道拜伦那样深深的爱着自己，但还是对这些试探乐此不疲，她只想一次又一次证明他对自己的爱，不仅恒久不变，更是越来越浓。

不久之后的一天，青瓷收到了伊莲的第二封信，这一次的宴会是单独邀请青瓷同拜伦的，她得到母亲准诺后，家里给她备下了马车，"拜伦是否来接你？""不，我要自己去，等不及他来接我的。"

第二天，两个家丁陪着急不可待的青瓷，马车向着裴波夫妇家的方向驶去。

见到伊莲的时候，天都快要黑了，这一路很辛苦。

“拜伦呢？是不是早来了？”青瓷才下马车，最先关心的还是她的拜伦。“还没到呢，大概是斯托克家最近有大买卖，怕是要耽误一会的，不过，明天早上无论无何他都是要来的，因为他的宝贝还在这里，怕是今晚他就等不及想见你了！”伊莲玩笑的同青瓷说笑着，青瓷一脸甜蜜羞涩的样子。

再见阿姆斯特朗，青瓷已经放下了他们那段往事，他们可以像好朋友一样坦然相处。感谢你，阿姆斯特朗，如果没有你的离开，我怎么能够遇见那个那么深爱的男子；感谢你，拜伦，如果没有你的到来，我怎么能够遇见那个那么幸福的自己。

拜伦，可我现在就等不及想见你了。

虽然没有拜伦陪伴，在裴波夫妇家的第一个夜晚，青瓷又认识了几个裴波夫妇的朋友，其中有个年轻的少尉，“我见过你，在阿姆斯特朗的婚礼上，”青瓷还在努力回想自己在哪见过眼前这个男子时，他已是一脸阳光灿烂殷勤的讨好，“很高兴认识你，我是阿姆斯特朗的朋友克利福德·卡特。”“这是克利福德少尉，阿姆斯特朗部队的同事。”青瓷还没来得及回应克利福德，刚走过来的伊莲就已打断了他们的对话，随口向她介绍起克利福德，紧接着又邀请青瓷去参观自己新收拾出来的花园，于是青瓷只有简单的向克利福德回应了一个礼貌的微笑，便回应着伊莲的邀约一同向花园的方向走去，没走几步，伊莲回头看了一眼克利福德，觉得已经离他足够远，才低声同青瓷悄悄地说："他是有名的花花公子，离他远点。"青瓷小声"嗯"了一下，她不关心这些，她只一心等待着明天，一心等待着她的拜伦。

"能不能和我说说拜伦以前的事？"在花园里，伊莲和青瓷闲谈了许多之后，青瓷主动问起伊莲关于拜伦的过去，她对拜伦还没遇到自己之前充满了好奇。"拜伦，他是我和阿姆斯特朗的好朋友，时常要来我们家里做客，我们一起骑马、散步……总会有许多姑娘们喜欢他，听说和其中几个也曾暧昧过"。

听到这里青瓷的表情明显有些不乐意了，伊莲看出了她掩饰不了的不高兴，刚刚还一脸的灿烂正在一点点消失，难免哈哈大笑起来："看你这认真的样子，暧昧是因为她们总围绕着他，他却不是一个花心的人，看得出来他那么喜欢你，真的，我们从没见过他这么认真过，但那个克利福德就不是这样的人，他出生也不怎么好，还纠缠了不少少妇，为此还惹过许多麻烦，所以，离他远点。""伊莲，你说拜伦是不是真心喜欢我？"青瓷根本没把伊莲说克利福德的那段话听进耳朵里，只在乎伊莲说着拜伦，只想听听拜伦与自己的事。"这还用说？他会娶你的！"伊莲轻轻拍了拍青瓷的手，肯定着自己的话。

听伊莲这样说，青瓷心里洋溢着一股暖流，她这一刻也是一心一意想要嫁给他。

拜伦为她所做的一切，她曾一直以为自己只是感动。

记得那天，在没人过往的深林里，他们那么热烈的缠绕着对方，深深的沦陷在枯草干燥的芬芳中，她想也许他是第一个，或许也是最后一个，没有任何血亲却不求回报的对她好的人。

当时，她那么想要将自己的童贞献给他，她闭着眼睛等待着他一步一步地轻咬，她在等待他要了自己，但最后他却认真的为她拉好激情扯开的衣领，一颗颗重新扣好她的纽扣，温柔的整理着她的发束。

“你不想要我？”青瓷依在他的怀抱，脑袋卷靠在他怀抱里轻轻问道。拜伦将她抱得更紧了些：“我会要，因为我要娶你。”

她从未有过如此一刻的安心，也是这一瞬间，她能体会来自心里的感动，被眼前的这个男人感化成了她对他的死心塌地，还有至死不渝。

思念到这里，她更是想他了。今天等待他的时光，可不可以不要这么漫长?

在客厅里，还在聊天的克利福德早已心不在焉，他的心已躁动不安，他显然已经喜欢上了刚刚那个漂亮的姑娘。她不经意的浅浅一笑像利箭扎在了他的心上，脑海里满满全是她的美貌，他丝毫不掩饰的向阿姆斯特朗打听着有关她的消息。

当克利福德向自己问询青瓷时，阿姆斯特朗还是有一丝说不出的尴尬，当然克利福德是不知道自己同她有过那么一段情愫，青瓷，你到底俘获了多少人的心？我至今也还没有完全将你放下，我始终还是嫉妒他们这样明目张胆的喜欢你，我却再也不可以。“青瓷是特纳家埃里克先生的独生女，现在正同我的好友拜伦·托斯克交往，也就是富豪托斯克家的独生子拜伦·托斯克。”“哦。”

克利福德听到时有一点点小失望，“那为什么她有这样一个名字？”“因为她的外公来自中国，她的名字有着青瓷的含义。”阿姆斯特朗边说边指着案桌上那个中国出产的昂贵的青瓷花瓶。

“不，青瓷比青瓷还要美丽！”克利福德还沉浸在对青瓷的垂涎中，一时根本回不过神。如今他听闻青瓷的爱情里已有了拜伦的存在，但他不会知难而退，他想要得到青瓷，自己不一定会输给拜伦。

第二天，青瓷从醒来就开始很细心的打扮着自己，想给拜伦见到那个婷婷的青瓷。

一早上的时光，来了很多马车和马匹，可就是没有拜伦的；

一中午的时光，在一起喝茶谈笑风生的声音里，也没有拜伦的甜言蜜语；

一下午的时光，被邀请的人渐渐都到齐了，大家开始筹备着晚上的宴会，却还是没有拜伦。

直到宴会都已开始，拜伦还是没来，尽管伊莲说了那么多宽慰的理由，可是，拜伦，我不要那些理由，我不是因为你的失约而懊恼，而是我想你了，不知不觉间爱上了你，我好想你，见不到你我就魂不守舍。

而对于克利福德，拜伦的失约无非是个难得的机会，他整天都围绕在青瓷的身边，她的每个眼神他都细心观察，他的每个动作都是暗藏着几许目的，为她做点什么不是发自内心，而是想要得到她，讨好是想要得到相应的回报。

可一天不见拜伦的青瓷很是心不在焉，她习惯了陌生男人投来爱慕的眼光，也清楚克利福德有着怎样的心思，但她从不屑于这些殷勤。宴会还没有结束，青瓷就同大家抱歉着晚安要去休息了。

第三天，青瓷告辞了裴波夫妇，只能自己孤孤单单的回家。

以往无论路途有多远，拜伦每隔几天都会来特纳村庄看望青瓷，从来没有像这次一样，这么久都没有消息。青瓷每天除了等待，还是等待，有点责备，也有些苦恼。

拜伦没来，反而克利福德来的次数却勤快了。

青瓷与克里福德保持着普通朋友的关系，每次克利福德的追求她都会巧妙的回避，不接受，也不拒绝。如此的拖泥带水不是她对爱情一贯的做法，换做以前这种花花公子的爱意，她只会斩钉截铁且高傲的拒绝。

有一个月的时间没有见到拜伦了，拜伦，没有你的消息，我好担心我会忘记你的模样、你的亲吻、你的爱情……

今天的午餐只吃了几口便咽不下去，青瓷轻轻叹了口气，一脸的忧郁，凯瑟琳看着女儿心事满满的样子，几次想说却又什么也没说，只是继续沉默着进行午餐。

就在这时，有客人来了，不是别人，就是她的拜伦。

“拜伦！”青瓷才听见他的声音出现在客厅，就叫唤着他的名字跑出了餐厅，她想他，她要马上见到他。

拜伦，越来越爱你，我好爱你，真的好爱你。

见到拜伦，她飞扑进了他的怀里：“两个月你去了哪里？怎么说不来就不来了呢？”说完委屈的泪水都溅在了他的领梢，还有他的肩膀。拜伦心疼的抱着她：“对不起，让你等了这么久。”

这些仅是青瓷预想了几遍的相见场景，而现在她来到客厅却是截然相反的处境，见到了他，有委屈的泪水，却没有心疼的拥抱，她静静的看着他静静的坐在沙发里，她走到他的面前，在另一侧离他足够远的沙发上也静静的坐下，其间什么也没有问。

还是拜伦先开了口："家里有些事，所以现在才来看你，对不起。"

青瓷什么也没有说，明显还在斗着气，这时克里丝缇娜嬷嬷从厨房里拿着些糖果点心出来了，看到两个年轻人之间的气氛有点尴尬，笑笑打破了他们的拘谨："拜伦，带她出去走走，你看外面多好的太阳！"然后，塞进了青瓷手里一把甜蜜的糖果用眼神示意她出门，青瓷有些扭捏，故意假装着不乐意，但还是依着克里丝缇娜嬷嬷，半推半就的跟着拜伦出去了。

草地上，阳光确实很温暖，天空还有着朵朵雪白云彩……

拜伦轻轻牵过她的手，她想收回，拜伦牢牢握住了她，没怎么说话，只是这样牵着她静静的散步着。

灿烂的天气，青瓷却看出拜伦满腹的心事。她想要问，始终也没有问，只能自己在心里胡思乱想。

她想她真的不爱阿姆斯特朗了，完完全全已将过去遗忘，眼前的这个他，她从一开始的不爱慢慢变成了依赖，她相信这也不仅仅是依赖，更多的是离不开，真真切切的相爱。

在这短短相处8个月的日子里，她忽然想一辈子就他也就够了。

可现在他明明心事重重，没有消息的这两个月里他做了什么，遇见了谁？为什么现在如此真实的在自己面前，却又像与她千里之隔，他以往的热情消失得无影无踪。

青瓷担心失去他，从未有过的担心，她不能没有他，她可以为他改变，只要和他在一起，她不在乎付出多少代价！

他是不是爱上了别的人，不然怎么变得如此陌生？

正当青瓷还在担心的胡思乱想，拜伦突然打破了沉默："是不是不久前，克利福德来你家住了几日，随后又陆陆续续来过几次？"

青瓷没有说话，抬头看着他，心想拜伦是怎么知道这些的。还没等青瓷开口，拜伦又问了："他那种赤诚有没有打动你？"青瓷仿佛听懂了拜伦话里的意思，心里的压抑正一点一点在积累，显然是生气了，她没有问拜伦怎么知道的这些，也没试图去解释，她原本只想说你让我等你的这段时日我忐忑不安了好久，我也没有想要和谁在一起。但她嘴唇微微动了动，不知从什么地方突然冒出的想法，大脑里有了一张现成的稿子："我没答应和克利福德在一起，可是没有你的这些日子，如今的我怀孕了……"

拜伦的表情瞬间僵硬在了脸上，刚刚还牵紧的手，被他放开了。

"以后你再也不用来找我了！"青瓷看了眼僵持在原地的拜伦，独自继续前行，哪怕她看见有泪正盈满在他的眼里。

但没等她多走几步，拜伦就冲了上来抓住了她的手，狠狠将她抱入怀。她感受到他发抖的身体，只觉头顶片刻凉意：是他的泪滴进了她的发梢里。"为什么是他得到了你？能不能告诉我为什么？""没有为什么。""那么，你爱他吗？"青瓷顿然哑了，她开始不知所措，意识到自己闯祸了，低着头都不敢看拜伦的眼睛，最后轻轻地摇了摇头。“那么嫁给我吧，做我的妻子，我要娶你！”青瓷低着的头一下子猛然抬起，她不敢相信自己的耳朵，她以为是自己听错了。

拜伦痛哭流涕，哽咽着重复着自己刚才的话：“我爱你，青瓷，嫁给我吧！”

青瓷呆傻了：“那孩子怎么办呢？”。拜伦深深咽了一声叹息，一字一字地说着：“我是他的父亲，我会是个好父亲！”青瓷听着拜伦的话，大脑一片空白，她不明白他哪里来的勇气要这样纵容自己的放肆，她扑进他的怀里哭得好伤心：“拜伦，我爱你！我再也不要这样子淘气了，我再也不要这样子试图试探你对我的真心，我从没有接受过克利福德，我刚刚……我错了，我知道你爱我，我再也不要这样了。”

拜伦听着她这样边哭边说，明白了这又是青瓷可恶的恶作剧，他轻轻放松了刚刚抓紧的心弦，他爱她，害怕失去她，无论怎样他都还是要她，还好，刚刚那些都是她的谎话。

拜伦没说的话被锁在眉间皱了皱，抱了抱她，心已不痛了，却多了一丝苦恼的愁绪。

青瓷后来才知道拜伦没有来找自己的那两个月里，他的母亲斯托克太太去世了，拜伦只将这份悲伤封闭在了自己的世界里，并没有惊动任何人，其中包括了他的青瓷。青瓷刚知道原委的时候，对自己那天那番莫名的谎话感到莫大的愧疚和羞恼。不知道是不是心底一直受这份愧疚的影响，还是实实在在的发生着，青瓷渐渐觉得拜伦变了，变得不再像以前那样年轻、朝气，对她也不那么迁就和热情了。

但愿，这段时日会慢慢的过去，幸福还是会回来找我的。

# 第37章

亨特太太又开始闷闷不乐了，一则心事是凯瑟琳的女儿攀到了赫赫有名的富商斯托克的独生子，另一则心事则是养孙女与西德结婚后就没回过家，已完全不受她的控制。“都是你养大的白眼狼，这丢人的东西！”亨特太太额头的发丝更白了，腰也驼得更厉害，比起前些年真是老了许多，受气的亨特先生如今每天都要忍受着她重复的责骂，她总将对艾希娅的所有怨恨归集在了亨特先生的教养上。仿佛成就了就是自己的功劳，而失策便是其他人的罪过。

她也觉得自己老了，手脚已经没有过去那样灵活，头脑也没那么好使，但她还是不服，她的贪欲仍在无限的滋长。“这个不知好歹的艾希娅，自以为现在翅膀长结实了，找到西德这靠山就可以不着家了吗？就她那点小心思，还嫩着呢，不是我说，要栓住西德的心，你这根绳子还细得很，你这个该死的死丫头，不知谁养大的你，我叫你赶紧要个孩子，不然西德迟早也要抛弃了你，可惜，现在我也不告诉你，就让你自己乱撞墙去。”亨特太太知道西德根本不喜欢艾希娅，也知道孙女婿一直挂念的是修道院里的苏，现在西德没回来，但他迟早是要回来的，等他回来了，艾希娅完全就是一个多余的角色，她还是有点着急，哪怕现在艾希娅根本不听自己的话了，她也还是担心，而她担心的不是艾希娅被抛弃，只是害怕艾希娅会变成她围城里最要命的败笔。

亨特太太哪里会知道，并不是艾希娅不懂马上要上一个孩子来保障着自己在婚姻里的权力，而是自那夜过后，西德就再也没有碰过她，无论她再怎么的用心，他最后还是搬出了新房，除了物质的给予，从没有尽过丝毫丈夫的义务。

起先，艾希娅又哭又闹，使尽浑身解数也未能打动西德，换不来他一个对她知心的笑容。于是，后来她也无奈的放弃了，挥霍着他的金钱，做着自己的交际，她给西德这难得的安静，只为自己在找更好的方法，想更好的手段，放弃只是还没有想到解决问题的办法。

而西德没和家里联系很久了，偶尔和父亲的几封家信也看不出他对那个家还有什么挂念，他从没询问苏的消息，也没关心现在的她过得好不好，在他看来多余的问候只会徒增自己的烦恼，以及唤醒心酸的回忆。

西德重新回去过那个山间的“世外桃源”，他最后还是将摔得零乱的小屋又重新打整得整整齐齐，就像曾经等待那个人入住时一模一样：山林间清幽的山气、稀疏枝干的投影映进了湖里，在这个季节灌木丛中多出了整片整片妖艳的玫瑰，扑鼻的香气将伤心的往事一幕幕又涌到了心间。

窗前，还有一株绿油油的矮木，长得结实又茂盛，白色的花朵像繁星散在黑夜里一样，有些躲在绿叶上盛开，有些藏在枝杈里绽放，洁白的花蕾象征着他纯真的爱情。栀秀，这就是西德迟到一天真正的原因，他大费周章去寻找这种花，甚至高价拜托的中国贸易商人从中国带一株回来。就在赴约前一天才有幸得到这弱小的一株，当时的他担心耽误了花期急着要将它早一些时日给种下去，于是只有先赶到这里，于是才未来得及履行承诺回家里去接你，而这些，只为在你窗前种下这株栀子花！

如今，栀子花开得再美丽，也无人欣赏了。

# 第38章

青瓷生了一场重病，挖空了她的躯体，吞噬了她的灵魂，而病魔却久久不肯离去，除非拜伦可以回来。青瓷的不珍惜使得在那场僵持后，渐渐出现的裂缝实在没办法将他们的一切复原且和好如初了，那时的拜伦是向青瓷求了婚，但最终他们还是没能在一起。

青瓷的心像被毒蛇咬了一口，血液全都凝固，唯一的解药只有拜伦的爱情，她却失去了他的爱情。也许后来她还是可以靠自己支撑着慢慢将这些攻心的毒液一点点挤兑，但这要多久的时间？一个不小心，会是一个世纪那么漫长。

她清晰的记得那天拜伦也哭红了双眼，他们的爱情正在慢慢死去，他们都无能为力。拜伦也说不出是为了什么，最近发生的事情有点多……过后，他也觉得自己变了一个人，或许是受够了青瓷历来的不懂事，也或许是真的实在太累了，心魔使得他喘不过气，他是爱着青瓷的，但已不想再这样与她一起生活在试探与证明的过程里，拜伦想也许我最爱的还是只有自己，于是，青瓷，我选择了放弃。

然后，拜伦的离开就有了开头的一幕，青瓷病了，不是身体，而是心病。

这场重病很难痊愈。尽管青瓷一遍又一遍提醒自己要将他忘记，但她实在做不到。她爱他，拜伦，为什么你当初要对青瓷那样好，那些好灌溉了她的所有未来，找不到一个人可以将你替代，你的付出折磨了青瓷后来的生命，那些年岁里，她想把你忘记，却记得更深了。

青瓷还是没办法，她听不下去任何人的安慰与劝说，滴水未进的几天里，她终于明白了拜伦在自己剩下的生命里的意义，她要他回来，她一定要把他找回来。

于是，拖着虚弱的身体求着心碎的父母让她去找拜伦，她说，哪怕见他一面也好，不然心已经痛到要窒息。

最后凯瑟琳也只能同意让女儿去，同时安排托德和克里丝缇娜一同前往，她也相信只有见到拜伦，她的青瓷才会好些。

埃里克悄悄与克里丝缇娜说："你就拜托一下斯托克家，以我们的名义。"

克里丝缇娜明白了先生的意思，没等他说完就点点头："我能明白，我也心疼。"

这是青瓷第一次奔波在去拜伦家的路上，是呀，以前从不担心的一切就这样发生了，拜伦，你要能回来，我要用我倾世的爱情来弥补我曾经的不懂事，我会很珍惜，求求你。

半天的奔波也没能见上他一面，原来他与青瓷分手后就去了别的城市，今天斯托克先生也不在家，家佣也说不出拜伦到底去了哪里。也许是拜伦故意不让她知道，也许他也预见她会来找他。

青瓷，爱一个人不是占有，我不想你为我蒙受伤害，我还爱着你，为你做的最后一件事只能是回避。

最后，未能见到爱人的青瓷只有回家了，她的病已是雪上加霜。

相信时间的推移，总有一天她会将拜伦忘记，慢慢的她会好起来。

听说了拜伦与青瓷分开的事，还在别的女人怀抱里的克利福德那一刻激动了起来，他原本还以为自己是真的没有机会了，现在，机会却这样来了。

他也曾在心里暗下决心，他想要得到心爱的青瓷，他要为她改变自己，不再像以前一样当个花花公子，要一心一意对她好。

他来到特纳山庄，看着瘦了很多的青瓷心疼了："答应我，好不好？我也会待你好，我会让你忘记他，相信我，好不好？"

青瓷的泪水含在眼眶里，她想也许找个人来填补拜伦抽离的那一块，自己会早些好起来，她经不住克利福德甜言蜜语的蛊惑，关于拜伦的爱，她也不想将他深埋心底，那么苦恼的回忆，她更想将他忘记。

于是，她答应了克利福德，当天就未经父母亲同意悄悄同他去了城里，也就是在那天夜里，她将童贞交给了这个人。

第二天回家的青瓷被着急的父母责骂了好久，但青瓷确实也比昨天精神要好得多，这一点，家人还是值得高兴的。

独自在房间的青瓷说不上昨夜的自己是愿意还是不愿意，她已为那场爱情精疲力竭，她只是想对自己好一点，找个爱自己的人来继续。

事实也是如此，克利福德对青瓷百依百顺，无论她要什么都会给她，她说我想要黑夜里的星星，他不仅可以变着法的给她带回星星来，一并还会有月亮，他对她就是那样好，让青瓷相信了这样的爱情不是只有拜伦一个人才可以做到。

这一次，无论青瓷怎么学着习惯与依赖，她还是天天想着拜伦，她还是没能像爱上拜伦那样爱上克利福德。

时间一日日过去，克利福德向青瓷求过无数次婚，青瓷都沉默着没有答应，她心里知道，她还保存着一丝幻想，她还在等拜伦回来，她想嫁的人只有他一个。

只是她没想到克利福德终于有一天还是会脱下所有伪装，变回那个还没和青瓷在一起时的克利福德。

再美丽的姑娘，也有他厌倦的一天，就在他们交往半年之后，克利福德也察觉到自己对青瓷的冷淡，他又开始了曾经那种整天花天酒地的生活，辗转在不同的妓女与少妇之间。那些曾经要对青瓷一心一意的誓言已被抛之脑后，变得毫不在乎。青瓷也无所谓克利福德还会不会带着礼物来家里找自己，她从不纠结会失去他，因为她始终没能爱上他。

但也就是在这个时候，发生了最糟糕的事情，让青瓷措手不及，她的月事整整晚了两个月都未能来，她很惊慌自己怀上了克利福德的孩子，现在该怎么办?

于是，她第一次有要嫁给克利福德的想法，不是因为爱他，而是要保留肚子里的生命。

但曾那么多次急切想要娶她的克利福德此刻却不愿意了，他知道青瓷有个严厉的父亲，出生在一个严肃的家庭，他能预想到婚后的生活对他而言会有多么的枯燥，至少他是再也不能自由自在过一个浪荡公子的生活了。

他现在最真实的内心想法是不愿意承担他所应的责任。

毫无主意的青瓷是真的慌了，她不敢告诉家人，怕他们担心，怕他们责骂，她恨极了自己，但无计可施。她只有同家里说她受裴波夫妇的邀请，要前去找伊莲，这一刻，曾被自己伤害过的伊莲成了她最信任的人。

伊莲听说青瓷的遭遇后，为她讶异，也为她深深惋惜，可她实在没有什么好办法，她保守的以为青瓷还是应该与克利福德奉子成婚，她问青瓷:“如果只是一个名分得以生下孩子，你能接受吗?”

青瓷红着双眼点点头，她不在乎克利福德怎么对自己，哪怕是她一个人带着孩子过日子也愿意。

既然青瓷也能接受，伊莲就连夜差人去找克利福德来自己的家里谈判该，怎么妥善解决这件事，善良的伊莲也想青瓷好。

伊莲差使的人又独自回来了，没将克利福德请来，只捎回来这么一个消息:他是不会要也不会承认这个孩子的。可怜的青瓷遭遇了这么一个衣冠禽兽。

如果不是怀孕这场风波的突如其来，或许青瓷与克利福德的关系还不至于这么快就崩塌成这样，这件事缩短了克利福德翻脸的时间，青瓷不难过，只是很心寒。

最后已经走投无路的她只有告别了伊莲，一个人回家了，在回家的路途里，她去巫医那里高价买来了堕胎药。她觉得自己是个残忍的人，能如此残酷的对待自己。

第二天清晨，早餐的家人久久等不来青瓷的身影，突然，餐厅外传来克里丝缇娜的尖叫与哭喊，凯瑟琳仿佛意识到发生了什么，家人纷纷跑向青瓷的房间，只见青瓷床铺尽是污血，而青瓷的身子也已冰凉。

“克里丝缇娜，快去叫卡尔文，快呀，快呀……”埃里克浑身发抖，看见女儿躺在床上没了气息。

凯瑟琳一把抱住了青瓷的身体，嗓子发不出声音，只见眼泪不住涌着，颤抖的手不停摸着女儿的脸庞意图叫醒她。

托德已等不及克里丝缇娜去叫医生了，飞奔着冲出门外。

卡尔文来了，然后无奈的摇了摇头，他眼也红了，青瓷已经死了，应该是昨天后半夜的事。

哭天喊地的痛苦，谁也经受不住如此失女之痛，凯瑟琳昏死了过去，埃里克悲不欲生，躺坐在了椅子上，右手锤着自己的胸口发出闷响，他现在要弄清楚女儿的死因。

青瓷那天走后，夜里伊莲睡不着，她叫醒了酣睡的阿姆斯特朗，将青瓷此次来家里的原因还有遭遇全告诉了丈夫，她认为自己实在想不到什么好方法来解决这件事，她求助于丈夫，希望能更好的帮助青瓷。阿姆斯特朗听闻后，顿时没有了一丝睡意，辗转反侧，有气愤，更有怜惜。

天还未亮，他就起身穿上衣服，他要马上骑马亲自去一趟特纳家园见青瓷一面，再谈论怎么办，原来时隔这么久，提起青瓷他还是一样的着急，感情还是一点未变。

结果，他来到了这里，却得到了青瓷离世的消息，如五雷轰顶，半天回不了神。

若我当初能放下骄傲，虔诚的和你在一起，你怎么可能遭遇这场变故，怎么会遇到那样一个人可恶地夺取了你的贞操，那么如今你也会是个安逸的贵妇，兴许已是我孩子的母亲了，青瓷，对不起，你是我此生最大的痛，从认识你那天就已埋下了，现在却只剩下心之折磨，一直会让我挣扎到死，然后在天上的国度与你相遇，你要等我。

阿姆斯特朗骑马调头要去找克利福德，他现在恨不得将他碎尸万段，也不能够平息自己的怨恨。

阿姆斯特朗找到克利福德的时候，他不在自己的住所，也不在部队，而是刚告别了一个寡妇回家的小路上，阿姆斯特朗不由分说就在路上狠揍了克利福德一顿，克利福德不服气的同他撕扯："你为什么要打我？""青瓷死了！"阿姆斯特朗狠狠击了一拳之后，松开了克利福德的领子。

在地上惊得不会动弹的克利福德："怎么可能？青瓷……"

阿姆斯特朗丢下了他，现在准备去找西德。

西德才知晓自己的妹妹出了事，就燃红了双眼，当即就发誓要宰了克利福德，可知道自己闯了大祸的克利福德现在已经躲了起来，于是找不到克利福德的西德只有听阿姆斯特朗的话，先回家去看望家里悲伤欲绝的父母亲。

一朵绽放在灿烂季节里的艳丽花朵就这样香消玉损，她还没来得及给太多人留下太多的回忆，却让人无法将她忘记，她的美貌在很多年之后，都还会经久不衰被人传说，还有她的名字也会永远活在一些人的心里。

她走了，带走了她的所有爱与恨，悄悄的没有留下一句话，却心碎了很多人。

在没有了青瓷以后的年岁里，伊莲也偶尔见过拜伦，后来还参加了他的婚礼，伊莲始终没有告诉他她的去世，她相信青瓷的本意也不会想打扰拜伦此后的生活，即使有一天他会将她忘记，那也是最美的结局。

他们不要一点悲伤，只记得相爱时炙热的情色，他的好，没能还他，如今就让她带走吧。

而克利福德在这件事后便不见了踪影，有传闻说是在一个漆黑的夜晚他房间里传出被屠杀的嚎叫，但第二天人们进去没有看到打斗的痕迹与血渍的惨象，也有人说他怕特纳家来找他麻烦，躲到了一个小乡镇做起了流浪汉，不久就染了恶疾，死得异常凄惨……其实，这样的人，哪怕他自己内心没有良心的谴责，欠下的始终要还，也会有理所应当的报应，不会拥有善终的下场。

# 第39章

青瓷的死无非重创了凯瑟琳，她一下子病得卧床不起，整日活在对青瓷的怀念里。

苏听说了青瓷的事，都是因为爱情，有时错失一个人，就错失了美好的一生一世，终究会是场悲剧，就像今天的她也一样，悲剧的活着，麻木的感受着每天日出日落，却无力再爱了。

因为妹妹的去世，几年都未回家的西德终于回来了！

全家人都守在母亲的病榻前，昔日里魁梧的父亲明显老了许多，托德也悲伤得一蹶不振的样子，克里丝缇娜嬷嬷哭红的双眼还在不住的抹着眼泪，只有汉普顿，还能勉强克制着情绪打理着青瓷的葬礼。

就是不见他的苏。

他一直在想他们会是怎样的见面，是心酸的问候，还是一言不发……他一直在猜，他什么都有想过，就没想到现在所有人都在，就是她没在。

“这些年，你和你的妻子也还过得好吧？”最后，在花园里，还是西德先问了在那坐着发呆的弟弟。

托德没有回答，只管自己在那发呆，西德也就没有再问下去，也许大家都还沉溺在失去青瓷的痛里，来不及顾及其他事，西德轻轻叹一叹气只有走了，可才走了没几步，只听见托德冷冰冰的说：“她还在等着你。”其实，托德知道哥哥问这些年你们也还过得好吧，关心的只是他心里梦牵魂绕的女人，他不知道怎么回答，只能直接的告诉他，苏没能和自己在一起，“她没能嫁给我！”

西德惊呆了，怎么会？连忙转回身抓紧了托德，一脸急切地问：“那她现在在哪？”听完托德陈述后西德一下子恍然大悟，原来埋了这么多年的恨全是白费，其实他的苏却一直活在他的誓言里。

“你又何必要见她呢？你都是有妇之夫了，你还有什么资格要见她？”苏一直都是托德的痛，现在更为她的痛更痛。

“为什么会是这样，不是这样的！”现实是怎样的欺骗了自己？西德一时间纠正不过来，他的记忆始终停留在那天清晨她正在进行的婚礼里，这些年来一直回避，他以为苏会过得很美满，他以为……他以为的事情在这一刻全错了，“能不能告诉我她在哪？”

他太想知道现在她的消息，太想现在就能见她一面。可无论西德再怎么着急的追问，托德却什么也不愿意多说了，西德只能不停地问发疯地问，托德还是无动于衷。

就在这时，一侧熟悉的身影出现在大门前，她看不见前方的路途，只有蹒跚摸索着艰难的一步又一步，着着黑袍，是个修行的女子。

今天的到来只为听闻有关青瓷的噩耗，她小心翼翼走进屋里，思恋这个久别的家，还有如今沉浸在痛苦中的亲人们。

见到她，西德不再追问下去，只能呆站在原地。

托德也看见了苏，压抑心头久久的痛，这一刻心疼得哭出声来。西德迟缓的走到苏的面前。他怎么也想不到苏会变成了现在的样子，到底发生了什么，他至今一无所知。

只能一把将她抱入怀中，悲痛的哭泣，你到底为我背负了多少？为什么我却全都不知道，对不起，苏，对不起……

这突如其来的拥抱，苏惊慌了一下马上明白了过来，抱着自己的不是别人，就是她等了那么久都没能等到的爱人。她迫切想知道没有见他的这些时日他有什么改变，她也一直想知道没有消息的这些年他还好不好。

但她已经看不到。

“放开我！”她用力挣扎在他的怀抱里，他始终不肯放手，任她打，任她推，他也不想再放手。

“我恨你！”直到听到她说出这一句，他才松开，其实两个人都已泪流满面。她恨自己是应该的。

苏摸索着要逃离，他想牵过她，被拒绝的推开，他只能僵在原地看着她跌跌撞撞要离去，此时此刻的他们都在伤心的抽泣。

这一次见面以这样伤心的方式，在这样伤心的背景里。

后来托德告诉了西德所有发生的一切，包括那幢房子，包括那支钢针，包括她没日没夜的哭泣，包括她始终等着他……

西德才知道，那份约定，那份许诺，自己迟到了，不是一天，而是这么久的时日里。

她还会不会原谅自己？自己都无法原谅自己。

# 第40章

葬礼在一个雨后的下午，许许多多送别的花束凄美安静的堆放在刻着“青瓷”的石碑旁，有些蓓蕾紧裹着花瓣含苞待放，可是离开了土地的花枝，再娇嫩的花苞也开不出娇艳的花朵了，等待它们的只剩凋谢或腐败。青瓷将在此沉眠，用这种熟睡方式终结了所有的爱与纠结，也安息了以往所有的恨与孽缘。

时间如果可以冻结，为什么冻结的是她的美丽，同时还冻结了她的生命，时间如果不可以冻结，为什么人们还思恋在有她的回忆里，直到人生的尽头，还在幻想她要在身边，又会是怎样的情境……

青瓷虽美，却也易碎。

逝者永世，生者节哀。

人生最有价值的东西，无非是寒冬里的一丝阳光，绝望里的一点希望。

遭遇重创之后，善良的人们总会为自己和对方找到一个合理或不合理的理由温暖彼此，以至于能尽快淡化悲伤，这就是我们在这个群居世界里相互依存的方式，也只有这样，我们才能在人生漫长的孤单里相互扶持的走下去，包括人生悲剧发生过后仍要继续的旅途。

埃里克又开始重复起那个18年前支撑过他和凯瑟琳奏效的安慰——“孩子，也许我们还会有未来”。

而克丽丝缇娜还是天天打扫着青瓷生前住过的屋子，那天清晨那张满是血污的床已经换上亮黄色干净的绒被，被套上变形的羽毛是青瓷过去最喜欢的图案，克里斯蒂娜轻轻抚过那些精细的花纹，想象着青瓷只是去一次遥远的旅行。最后轻轻将门锁上，她小心翼翼，害怕打扰到房间里青瓷曾经优雅的脚步、熟睡时轻声的呼吸、阳光里会泛光晕的棕色发束，甚至是调皮打碎玩具或倔强撕书的声音……她一直想象着这些都还在，只是它们的主人没回家，于是它们在角落里藏了起来，和她的亲人们一样，也在静悄悄的等她回来，假装她还是会回来的。

托德则喜欢上了另一座山后的树林，在他的回忆里，小时候好奇的青瓷老想来这个地方，胆小的她为了要哥哥陪她一起去，总会狡黠的骗哥哥森林里面住着许多会唱歌的树妖，听说她们穿梭在林子的尖顶，在清晨吹开所有的花朵，日落又会给森林披上霜衣来御寒……于是，现在他相信了：所有美丽的女孩离开了温暖的家选择静静躺在地下，一定是那墓穴里有条通往森林隐形的路，妹妹只是淘气想吹开清晨的花朵，也只是贪玩想摇摆在云里的秋千，总有一天，他仰头寻找那些精灵树妖时，会有一个他熟悉的身影，然后他要像小时候对待讨厌的她那样，把她绑回家……

每个人，都有一种属于自己纪念的方式。

# 第41章

三个月后的特纳家园，失去挚爱的痛在寡言的沉默里慢慢被隐埋，这是西德第二次回家，他宣布了他的决定，他希望家人能应允他的选择：他要带苏走。

家人什么都没说，更像是默许了他，父亲轻轻拍拍他的肩头，沉默不语的离开了客厅，托德也什么都没说，或许早在几年前，他已预见了今天的结果，没预见的只是其中的波折。

现在只需征求她的同意。

西德抬头看着这幢托德为她而建的小屋，坐南朝北，每砖每瓦精致美丽，像透了托德那颗赤诚向往爱情天真的心，她一定很温暖，假若我不曾挤进过她的心。

门一推也就开了，眼前的摆设都是她喜欢的样子，满屋都是她的香气，他走进小屋，上了木梯，猜寻着她的身影，在哪呢，我的栀秀，我的你？

还是那件黑袍，坐在窗前，没有一丝生机与灵气。

她知道身后是他，她那么灵敏的神经总能嗅到他的气息，不听话的心脏疼得发慌，肋骨上的伤疤还在，她摸摸那凸起，忍着痛清醒地说了句：“那个人，已经死在了那天清晨，再也找不回尸骨了，这里也没有。”

他有太多复杂的情绪，他明明听见了她的话语，又假装没有听见，这些年的回避，让我在最后一次再躲避着假装什么也没发生过，我如今已如此真实的到了你的面前，可不可以随我暂时忘记命运的不济，可不可以让我还能继续爱着你?

我一直都不能失去你，你也一样对不对?

一滴滴晶莹打落在她的脚尖上，打落进她的黑袍里，她拼命咬紧双唇也屏住了呼吸，想要不至于狼狈得满脸泪水流涕。西德，重逢在我脑海里有过也被忽略过，我们都回不去了，你已有了你的妻，你的生活，还有你们的未来。我怎么也原谅不了你的背叛，你违背的誓言已经像烙铁一样灼伤了我的心，关于你爱情的那块记忆已经烧焦在当时那骇人的疼痛里，那血肉模糊的伤害我不想再来一遍了。

我们怎么也回不到从前那豆蔻年华的单纯，以及那些流苏花瓣飘散的童话中，我们仅仅只是活在当下的平凡日子里，身上还背负着刚失去青瓷的悲伤。从今以后，一举一动都要更加小心翼翼，因为无论什么决定，都会成为别人背后议论的证据，若不幸有了什么闪失，爱我们的人会为我们心痛，恨我们的人会为我们诅咒……经历这么多，我们已不仅为自己而活，是为太多人而活着，为流言蜚语，为栽赃诋毁，为担惊受怕，为惊慌失措……我不能跟你走，更何况，真真切切，我心已死，也不会与你走了。

苏就这样拒绝了西德，她死去的心分明还在为他跳动着，她却麻痹了自己回到了现实，也许真的也只打算安安稳稳、不喜不悲走完余生……想起过往发生的这些事，对于她，对于现在的家族，平静安稳显然是种奢侈。她亲手在自己和西德之间垒了一幢石墙，想隔断以往的恩恩怨怨，阻碍往后的是是非非，她在努力，诚心诚意履行着自己的决定，已经完全不顾心底最真实的那丝挣扎的呐喊：在她看来是多么可怕盲目的救命声……

# 第42章

马厩里又有新的小马犊出生了，刚为生产耗尽全力的母亲亲昵地喂养着自己新生的孩子，还要耐心地教它怎么站起来，期盼它能早些奔跑在无边的草地里，还有深邃的丛林中……草地上又妆点了星星点点的野花，这些等不及已经绽放的花朵比真正的花期整整早了半个月，渲染了半空一丝清新的香气；而树林里也开始有了稚鸟清晨醒来饥饿着叫唤父母喂食，随之一阵雄鸟扑打羽翅回巢的声音，它们叫得更欢实了；矮灌木也被鸟粪滋养得新芽重生、绿叶茂盛；厚叶间新鲜的水珠折射着茂密树林里漏进的阳光洒在树干上，蝴蝶幼虫正破茧而出，舒展着美丽的翅膀向蓝天、向太阳的方向飞旋……

一切是那么美好，一切是那么让人心旷神怡。

西德又在这样一个的早晨回到了家园，至从青瓷葬礼后，他回特纳的时间变得越来越多，间隔的时日也越来越短，他又一次把这里当作了家。

凯瑟琳的病慢慢开始有了好转，埃里克也渐渐舒展了紧锁的眉头，所有的一切随着春天的到来，艰难地为悲伤褪着色，缓缓的，一切又会好起来。

其实特纳家的每一个人都知道，能改变西德性情的人仅仅只是苏，他们之间的纠缠即简单又繁复，简单得只需要她的一个应予，繁复得始终得不到她的那个应予。

春暖花开，她虽然看不到窗外土地上每处春意的演绎，但她能嗅到、听到、感受到，不仅有花香，不止有鸟语，还有他对自己持久不变的真心以及实意。慢慢的苏的心里开始少了那些折磨的挣扎，西德再也不提要带她走了，这确实能让她的心释然一些，也能更靠近他一点，她又一次习惯急急切切等他来，依依不舍送他去，她好期盼时日可以停留在这一段永远地封存住，毕竟再不能有什么比拥有爱人更让她觉得美好了。她不愿意旧事重提，她不想改变他人生的轨迹，她只能像小时候一样把他当作哥哥，不知爱情的年纪，她只享受他温暖的陪伴，而那份爱只在无人的深夜、梦魇的真实里才能刮破她紧闭的眼睑，流淌过睫毛，释放出一段又一段咸涩的心伤，而这些她也只能让自己一个人承担。

可她不知道西德的心里却从未放弃过她，他只是在等她改变心意，每每当她看不到眼前的美好，他都内疚得痛彻心扉，要不是他当初质疑了她对爱情的真切，要是那天他推开教堂的大门带走只属于他的新娘，她一定不会像今天这样叫人心疼。

卡尔文叔叔说苏再也看不见了，那么我就是她的眼睛，至少让她看到未来，那些拥有我的幸福。

栀秀，我又开始满怀憧憬的打理你脑海里的那个“世外桃源”，它们和我一样，又一次殷切地等待你的入住，我爱你，会等你给我应许的那一天，无论什么时候到来，我都会等下去……

# 第43章

看着西德的马匹隔三差五总会路过她家门前，亨特太太开始嘲笑起养孙女的愚蠢来，而在嘲笑她的背叛自食其果的同时，也为阴谋诡计没有得逞被气愤得捶胸顿足。

这个艾希娅离开就再没回来过的家又一次飘散起了阴谋硝烟的气息，可悲而又可怕的是：对别人幸福嫉恨而生的失落感和不择手段侵夺的自私自利，又一次将会把这对原本就没有血缘的奶孙紧紧联系在一起。

果不其然，还没有3个月的光景，艾希娅终于回到了这个她久别的家，像只丧家犬一样带着急躁的情绪而又落魄得不得不忍耐压制住心中的怒火，西德的冷落虽然让她无计可施。却又让她恨得咬牙切齿，她将这份嫉恨迁怒于苏，她执迷不悟的认为是苏抢走了她原本可以美满得让人嫉妒的人生。

她从未想过真正使她自己走到今天看似进退两难的境地的其实是她

自己，以及那些由嫉妒而生的掠夺的天性，还有对感情狭隘的理解。

艾希娅的这次回归对于特纳家，就像刚风暴平息的海面又一次忍受远处的风浪海潮，无奈的被肆掠。

亨特太太房里的灯又开始彻夜通明，在万物都已睡去的深夜里，还能听到她楼里传出模糊的言语，像在商量什么，有争执的吵骂，也有偶尔一声无奈的哭喊。

亨特先生身体也不及以前好了，本来就不怎么爱说话的他，如今话更少了，现在在这幢房子里，他反而更像一个寄居的客人，主人显然只有那两个深夜都还在讨论着各种打算的女人，亨特先生又回到年轻时那样，对她们的计划没有一丝兴趣，外孙家接二连三发生的事让他心有余悸，毕竟那两个年轻的孩子身上流淌着他女儿的血液，亲情的挂念还没有磨灭他那一丝本来的善良，所以他才对妻子沉默不语，所以他才对养孙女毫不关心。

亨特太太和艾希娅意见始终未能达成一致，她们相互反驳着对方的主意。亨特太太已经年迈，走路都已一摇一摆，但她还是以为计划得慢慢来，要在别人不知不觉中像蛀虫一样悄悄蚕食出自己的胜利；而艾希娅，在亨特太太看来显得太年轻太幼稚，急躁得丝毫学不会耐心的等待。她太在乎西德在苏身上付出的心血，她嫉恨苏从西德那里得到的疼爱，哪怕只是一句关心的问候，哪怕只是一个饱含爱意亲昵的动作。

终于在西德又一次离开家路过她家门前时，艾希娅实在忍不住了，跑下楼牵了自己的马匹要去追赶自己名义上的丈夫。

他们都回到了西德城里的住所——他们曾经的“家”。

“原来是你。”刚进屋的西德听到急促的敲门声，开门见到是艾希娅，有点意外，只冷冷说了一句，便转身准备回屋，艾希娅看着他冷漠的背影拥了上去，抱住他，双手紧紧扣住他的腰，在他背上委屈地哭了……确实，她是委屈的，那么好胜的自己却忍受着丈夫爱着别人，自暴自弃周旋在交际夜场只是想等他能找自己回去，可西德始终淡漠的对待，让她的执迷僵持在这场自导自演的游戏里，她伤害着别人，同时也挫伤了自己。

可悲在于她从不觉得是自己错了，她不低头认输，她想得到的还是不择手段要得到，没人可以阻挡，也没人能够改变她的心意，远不曾想到其实自己得到的折磨和付出的也是一样的多。

换做曾经，西德也许还会有一丝恻隐之心，会觉得是自己对不起眼前这个泣不成声的女人。可回特纳家园的日子里，他知道了他寄给苏却未收到回信，他知道了父母亲为何筹备托德与苏的婚礼……这些种种可恶的行径已浇凉了他的怜悯，他对这个女人只有恨，恨进了骨头里。于是他扒开了她在自己腰间的手，

“该给你的钱上月才给了你，你可以选择你想要的生活，不要再来阻扰我的幸福，打乱我的人生了！”

她听出他说话的语气，没有一点同情，更没有一丝怜惜，她恼羞成怒，停不下来的泪水比刚刚还来势汹涌，恶狠狠地看着西德那无动于衷的背影倒退出大门，然后转身跑着离开了。

西德，我不会让你得到她，哪怕一天，我也不会让你们在一起。

# 第44章

从此之后，艾希娅再没有出现在西德的处所，也没有回去那个住着养外婆的家，当她第二次出现在大家面前的时候，人们才反应过来，她已经悄无声息的消失了很久。

大箱的行李放在特纳家门口，艾希娅在没有通知任何人的情况下，准备入住特纳山庄。

“是不是太突然了？”汉普顿看着大大小小从马车上搬下的行李，惊讶地问艾希娅，试图拦下往屋里搬运行李的马夫，对艾希娅大声呵斥道：“你没有通知任何人！”

艾希娅得意的顿了顿，“我的到来已算是通知了！”

然后抱着一件不大不小的素花箱子，借力拦开了汉普顿直接大摇大摆的走进了特纳山庄的大门，几个搬东西的随从也跟了进去。

汉普顿追了进来还想继续阻拦住艾希娅，此时在客厅沙发上的埃里克见状摆摆手，示意汉普顿别阻拦她了，由她吧，她确实是特纳家的儿媳妇，“克里丝缇娜，找间空房间给她”。

“西德的房间在哪？我可以自己去。”艾希娅嚣张跋扈地对准备带她去房间的克里斯缇娜如是说。“这……”克里斯缇娜向主人投去了求助的眼光。“克里斯缇娜，带她到空着的房间去！”这时，凯瑟琳出现在客厅通往走廊的帘后，呵斥着吩咐克里斯缇娜。想必艾希娅也惊了一下，回过神几秒钟，然后仰着她那高贵的脑袋随着克里斯缇娜去她的新房间去了。

自从西德初次回来，艾希娅过去所有的阴谋都那么赤裸裸的坦露在人们面前，她所做的一切导致了整个特纳家都变得对她甚是厌恶，她知道这里根本不欢迎她的到来，但尽管如此，她还是在这里安然的赖下了。

克里斯缇娜路过马厩的时候突然看见西德的马匹在里面悠然的吃着干草，她抿起嘴角有了一丝愉快，也不知道今天西德是什么时候回来的，但不难想象他现在肯定正在苏的那幢“城堡”里甜蜜着……但一瞬间，克里斯缇娜嘴角那一抹笑容又不知所踪，取而代之的是骤然而生的担忧，不知道西德知不知道艾希娅今天已经搬进了他的家。

而此时，在苏的小屋里，西德还是一如往常地静静陪着她，和她说那些外面发生的无关紧要的事，他们的关系正一点点融洽，话语里也渐渐回温了曾经相爱的种种，他们都不想提及往事，但往事的甜蜜却不禁同时在两人的心间涌开，彼此还是那么浓烈地相爱。

“你知道吗，我一直以为你会带我走，直到婚礼那天挽着托德的手走进那可怕的大殿，我都还在一直等着你。”曾无数遍告诫自己不要旧事重提，但苏还是一不小心没忍住，先开了口道出心里最痛的那一块往事。

“我从不曾忘却，我知道你在等我，那天你的婚礼，我其实就在门外，听完了你对他的允诺，我才选择了逃离，之后发生的一切也都由不得我们自己了……”

原本西德想说“对不起”，但他却没有说，道歉已经不能帮她忘却全部，更不能让自己好受。

“可是，你为什么要迟到一天，生死攸关的一天？”说到这，苏无神的眼睛里泪珠一颗颗打落，他过去环抱住她，我会对你好，这次真的不同，我回来了，我不会再离开你，舍不得你再一个人去承担所有，今后，我都会一直在你身旁，洗衣做饭，喂马劈柴……都不再离开你了，“你嗅。”他从衣服内侧胸前的口袋里拿出来一本羊皮的小本子，像是随身带了很久岁月的样子，小心翼翼翻开其中一页，拿出一枝已经压得干瘪的花儿，因为水分已蒸发，它已变成杏黄色，而花瓣下几丝变成了褐色的叶子包裹着花朵，应该还没摘下多久吧。

这是一丝久违的香味，一下子冲破了她全部成长的记忆，虽然只是淡淡的一丝，但嗅觉的记忆瞬间打开了她童年的大门，“栀子！”苏惊讶的表情凝在了面颊，她太久太久没有与它重逢了，她熟悉它的味道，想起了花开时节，母亲总会折枝几束在她的窗前，想起了哭闹时父亲抱起她采摘下栀子花她便破涕为笑，想起了哥哥树下带她的戏耍，想起婆姨们摘下晒干后制给她的刺绣香囊……它陪伴她的时日曾是那么无邪天真，真叫人怀恋……

而此刻，她有太多感动，她已经不想去问他手里这枝花的来历，她已泪流满面，不知所云。

“就是为了等它，才耽误了你等我。”西德的泪水也随着苏不禁动情的流下，一天之差，被改变的事情这么多。随后的光阴他们不想再多说一句，沉默中其实彼此都懂，不想打扰对方，也不愿打扰自己，关于心事那一块缺口，又痛又痒，只能静静搁浅。

直到晚些时候，西德才回了家。而在苏的小桌上则多了一枝风干的栀子花儿，它散发出的每一丝淡香对她来说都是种奢侈，她小心翼翼，妥善安放，仔细保存，今天，她对西德的心扉又一次彻底敞开了，甚至她都能感觉到当他将门开启的一刹那，他身上携带的阳光已经溢不住灌进了她的整个世界里。

“原来，我还是好自私。”她一个人跪在教堂里认罪，但就算明明知道自己有罪，她也还是决定了：要与他走。

这一次，无论怎样，也要与他走了，已经不要去考虑别人的感受，不要再顾及别人的想法，也许我应该好好把你拥有，这将是我一生中最重要的时分。

西德，我终于可以幸福了。

摸索着从教堂回来的路上她怡然的一笑，在黑暗的路途里补添了一程的明媚。

# 第45章

当次日阳光照射在脸上，苏站在窗前幻想着眼前的一切，她“看到”与他在嫩绿的草地上奔跑，在低浅的水洼旁打闹……从小时到长大……她全都看到了，她朝那个愉快的自己幸福地笑了笑，这样的日子终于在搁置一段后又要衔接上了，她由心感到轻松。

这时，是他的手，从身后环抱住了她，是他，无需言语，她熟悉他的气息。

“我要和你走！”她终于字字铿锵坚决地说，他太意外了，抱她的手更紧了，只有这样才能泄出因由欣喜而生的心痛，她仰头靠在他的肩膀，闭上眼睛，此刻心里好满足，他等这句话好久了，顿然间他喜极而泣。

清风拂面，是你的温柔。

原本今早西德来是想告诉苏，昨晚回家看到艾希娅的事，现在欲言又止，不知该怎么说。

西德只是没想到苏会突然改变了先前所有的想法做了今天这样的决定，惊喜来得如此之快，他浸在这刻美好里什么都来不及说，似乎也什么都不想说了，怕打扰这刻欢喜的心情，终于，我要带她走了。

“你还真在这！”突然身后传来了艾希娅的嘲斥，他转过身：“你来做什么？”“来看看多么相爱的人，只是她却不肯跟你走。”换做曾经，这些话字字刺心疼，但他清楚艾希娅不知道就在刚刚半刻前，苏已经答应了自己。“你可以回去了！”说着西德有点逐客的意思，他走过去抓住艾希娅的手，想要将她拽出去。

“你放开我！”艾希娅挣开了西德的手，“你怎么不告诉她，我们在新居新床上的夜晚，”她冲到苏的面前，使劲抓住苏的手抚向自己的小腹，“也就3个月前，我们还缠绵在每个夜里，我这一次就是回来养胎的！”说完，艾希娅恶狠狠地看着西德，用力将苏的手摔了下去，然后只顾自己快步离开了。

西德想冲出门外要艾希娅回来说清楚，却又不得不顾及已经愣在一旁的苏正顺着墙角一点一点坐下去，“苏，相信我！”苏的大眼睛似满水的水缸一样眼泪崩然外泄，她一言不发。

西德知道这刻做什么解释也没有用，他不得不先去追艾希娅，要她回来说清楚，证明那些全是假的。

而苏又一次被西德“欺骗”了，她承认了自己是有罪的，为什么昨晚不曾想要忏悔，还要与他走?

才追上艾希娅，西德挥手便是一记耳光，她确实是怀孕了，他不关心孩子的父亲是谁，“你滚！”“你有什么权力要我走，我怀了你的孩子！”

西德已握紧了拳头，如果面对的不是一个女人，他早已将拳头打下去以泄心中的怒火。

“没人知道他不是你的孩子，只要我说是就是！”艾希娅捂着被扇红的一侧脸，没有气恼，反而报复的笑笑。

这个孩子确实不是西德的，他们唯一的那次同房只在几年前婚礼的头天晚上。三个月前当她知道自己怀孕的时候，也曾几度慌张，几度懊恼，但也就因为这样，她才想出了报复他的方法，于是，她才在消失半年之后又出现，还堂而皇之住进了西德的家里。

她想在午餐的时候宣布她已怀孕的消息。

艾希娅的无赖让西德万分无奈，他还是放心不下他的苏，去过一趟苏的小屋，苏又回到了先前的样子，全然忘记了今早发生的开心的事，忘记了又一次承诺了他什么，忘记了这段时日他小心翼翼的照顾与陪伴。

因为紧急军务，最后他还是不得不离开这里要回城里去，时间没充足得能让他向她解释。

西德的离开错过了艾希娅宣布怀孕的消息。关于这则消息，让特纳家出乎意料，却没人太在意，明显地，大家在意外的背后，更多的是对她的怀疑。

# 第46章

今晚的月色撒在脸上都是刺骨的寒冷，风浇在脸上不再是阵阵轻松的凉爽，反是刀刃迎面的割伤，想起清晨带着花香的温暖，苏已止住了哭，她好像明白了：就像白天与黑夜一样，万物一刻不息都在悄悄变化，包括她的他，早变了。自从西德第一次离开自己，他们就已渐行渐远，她始终活在诺言里，不曾想诺言也是有期限的。

托德来到她的房间，想来看看她，站在大门前，他抬头看看这里的一砖一瓦，心里难免有点沉重，走上楼梯，木头之间发出的吱吱声响，多像挽留久别的主人的抽泣，他同样想念着这楼里的大小事物，他曾寄托它们多少对未来的憧憬与美梦……可如今，还有往后，他却只能借着看望的理由，才能回到这幢自己亲手建筑的心血里。

她卧室的门大敞开着，屋里没点灯，灯光于她也是多余的。他看着她独自站在窗前的月色里，满屋滑落的全是伤感。

他觉得这一屋的伤感或许不是因她，而是源于自己。不然怎么有那么多想哭的感慨融在里面。

最后，托德还是没留一丝声响，一个人来，又一个人离开。

走出小楼，他抬头看看她房间的窗，她还站在那里，在夜色包裹里只剩下一侧简单模糊的身影，他转头想看看远方的月亮，同一个月亮，不一样的观望：月亮，自古有多少像我一样的人，压抑着同样的心情眺望过你？祖祖辈辈里你那里积攒了多少伤感的故事，他们的深情以及他们的痛痒，有没有我今天这般难以形容，曾经的那些故事，他们后来又有怎样的结局……

# 第47章

没过几天，西德又回来了，和他一同回来的还有一个陌生人，一个叫罗伊·琼斯的男人。关于罗伊，只是一个普普通通的商人，没有那么精滑也就不会那么多金，可当他在社交夜场上第一次看见她，就深深爱上了她，不惜为她大把挥金如土，只为博得美人一笑。

关于罗伊的这个“她”就是艾希娅，她热衷于容颜给自己带来的桃花运，不在乎身边的这些男人谁是逢场作戏，谁又几度为她流连，她不珍惜他们的爱情，也不爱惜自己的身体。

罗伊是自己找到西德的，早在2个月前，罗伊就找过西德，希望西德能与艾希娅解除婚约，他想娶她，无论她是个怎样的人，她曾有怎样的过去，他都不介意，他想自己并不是一时冲动，是真心想要和她在一起。

尽管罗伊也不确定艾希娅怀的是不是自己的孩子，他都愿意为她为那一夜一厢情愿的爱情承担责任，甚至当西德答应解除婚约，他还顿时有种拨云见日的感激，看得出他对艾希娅的真心，也难为罗伊这番真情。

艾希娅，如果你能正视这份感情，也许你的人生也就不会太过悲哀，至少难遇一个如此珍惜自己的人，让你免于惊慌，免于疾苦，免于居无定所，免于四处漂泊。

于是，西德安排罗伊跟随自己回到了特纳家园。

此行，因为艾希娅，罗伊要来劝她一起走；因为苏，西德要来带她一起走。

当艾希娅见到罗伊时，难免那一刻的她是多么的惊讶失态且恼羞成怒，她假装不认识他，最后，实在伪装不下去她只有选择逃离现场，她已经明白自己所有的阴谋诡计都已原形毕露，就在今天，一切已经毁于一旦，再也不见转机了。

她逃到自己的卧室，将自己反锁在屋里，端着肚子焦急地踱来踱去，该怎么办呢？她眉头紧锁，狠咬着右手大拇指的指甲，却想不出一个周全的办法，没一个合理的借口可以解释，一开始这就是一场自掘坟墓的闹剧，只是到了此刻，她还是不愿意认输。

“咚咚……”有人敲响了房门，她更着急了，怎么办，怎么办……他们会怎么处置我？

门从外面被强行打开了，是特纳家叫来了亨特太太，见到养孙女，亨特太太没有表现出太多心疼，眼神里更多的是对艾希娅自食其果的嘲讽与她不受自己管制的无奈。“怎么办？外婆。”艾希娅见到亨特太太便跪爬下抱住她的裙摆，眼泪一下子焦急地流出来，“没办法了，跟客厅里那个男人去吧，在这里下场会更糟。”其实，听得出亨特太太还是有着丝丝怜悯的叹息在话语里，或许她怜悯的只是今天这个预想之外的结局。

艾希娅听着亨特太太这样说，一下子止住了哭，“谁也帮不了我，最后还是得靠我自己”。

亨特太太由着艾希娅一个人蹲坐在地板上发呆，嫌弃的瞅了一眼她那已经明显凸起的小腹。

艾希娅发着呆回想这些年发生的所有，怒火在胸膛里燃烧，自己的付出只是为了得到自己的爱情，只想拥有那么一份令人艳慕的婚姻，可到头来，为什么得到的回报却是这些?

她始终还是不能理解真正感情的含义，她自始自终都错误的理解了亲情、爱情、友情及正当的异性关系，这些罪恶深渊的源头或许是难以被人解释的遗传：来自她生母那泼妇妓女不讲理的天性，也或许是后天受亨特太太自私自利嫉妒成恨的影响，总之今天的艾希娅，为了自己的私欲伤害了自己，还伤害了身边这些无辜的人。

可悲的是，她却事到如今还浑然不知是自己错了。

她不再坐在地板上发呆，她告诉自己不能再等下去，等到的只是任人宰割，她要输，也要输得痛痛快快。于是，她起身站起来，目无旁人离开了自己的卧室。在客厅，罗伊想拦住她，却没能成功，他对她的爱悯让他不能自己，由她吧，他想如果她愿意同自己离开这里，今后他会好好照顾她。

没人关心她的离开，尽管大家都不知道此刻她想去哪。

西德给家里介绍了罗伊后随意交代了几句，便又急匆匆去找他的苏，苏还是安安静静的在自己的卧室里，一切又回到了他第一次回来时的样子，好像期间什么也没发生过，她不愿听他解释，用沉默催促着要他离开。

西德狠狠拳打着小屋的墙面，心有不甘，又不知怎么发泄。

最后西德也只能满腹心事的回家，晚餐只进行到一半他就离席了。

屋里，他双手压在头下，衣服鞋子都未曾脱，一个劲仰面吸着烟，烟雾弥漫出他阴霾的心情与纠缠的心事。

不知艾希娅去了哪里，亨特太太只有回到自己家去等待，埃里克夫妇也在客厅陪着罗伊等着她。无论出于什么原因，都还有人愿意等待，至少证明这个被等待的人也还未是一无所有。

# 第48章

深夜里一阵阵嘈杂的慌乱打扰了所有人的美梦，西德在熟睡中醒来，他不知道前半夜自己是怎么睡过去的，衣服都还没脱。

被这阵声响扰醒后，他侧过身看着窗外，想知道外面发生了什么？今晚窗外的比以往要亮得多，不时还会有跳动的红光一扫而过，滚滚浓烟飘漫在红光照耀的天空上清晰可见，他急忙跳起来跑到窗前身子够出窗外望了望，应该是房屋着火了，可是从这间房子窗外只能看到飘过的浓烟以及火光照应下特纳庄园巨大的房影，火的地点在庄园的另一面，西德顿时心里有种不好的预感，他连忙冲出门外。

他担心那是苏的修道院……

当他赶到的时候，整座房子已被浓烟包裹，浓烟里火光跳耀着要吞噬整栋小楼，木头被烧得“啪啪”作响，天空中到处都是浓烈的焦烤味，确实是苏的那幢房子，苏还在里面！

西德什么都来不及想就往浓烟里跑去，他心里只有苏，她几天前曾答应过要跟他走，现在他就要带她走。

随后赶到火场的托德看着西德消失在浓烟里，他也不顾一切向小楼跑去，可见他对苏的担心一点都不亚于哥哥的一分一毫。

不难想象小楼里已火光四溅、浓烟正滚，西德被呛得睁不开眼睛，他随着楼梯摸索着前行，烈火无处不见，他顺着墙角小心翼翼爬上了楼，心急如焚推开了她的房门，他叫唤着她的名字，她早被浓烟呛晕过去，此刻已没有了丝毫知觉，隔过浓烟，他看见她像个熟睡的婴儿躺在床上，西德过去抱起她，必须抓紧时间赶快离开这幢随时都会烧垮的房子。

就在抱起她的一刹那，那枝他给她的栀子干花从她手中滑落。他一时有了安慰，有点感动，热泪盈眶，更有力地抱起她赶快离开，为了你，什么都是值得的。

楼道比刚刚烧得更厉害了，在火光里西德看到前方模模糊糊晃动着一个身影，原来是自己的弟弟，西德想说话，但一开口就一口浓烟呛得说不出话来，他用口型示意着弟弟：现在我们得赶快出去。

对于托德，西德心里很是感激，感激托德这些年来对苏照顾得无微不至，感激他此时此刻还能不顾一切前来救她……千言万语等离开这里又再说吧。

就在这时，烧焦的大木梁垮了下来，眼看就要砸向他们，为了保护怀里的苏，西德一侧身，烧断的一截木梁正好压在了他的身上，压得他不能动弹，托德听到声响回过头来，企图移开那截压着哥哥的木桩，木桩已被燃烧成一块木炭，木质里闪烁着一点一点烧透的暗红色残质木料，托德裸手抱起木桩的一瞬间即钻心的烧灼疼痛，可任凭手心的肌肤已经烧结在木桩上，可那木头仍是纹丝不动。

眼看着火势已经越来越大，西德示意要托德抱着苏赶快离开，托德却倔强地不愿意，看着哥哥不由鼻子一酸，涕泪一时间就流过颤抖的嘴唇，他知道倘若此刻丢下了哥哥，这一别便是他们的最后一面。

他用力哭泣着摇头，努力想搬动那粗大的梁木，哭泣让呼吸变得急促，使他吸进了更多的烟雾，这些烟雾里的尘埃呛得他忍不住想大口呼吸却得不到新鲜空气，托德开始变得乏力，已经力不从心，确实是搬不动了。

浓烟中，西德平生第一次怒吼自己的弟弟：“快带她走！”

言语还有很多，但呛心的一阵浓烟让他想说的话变成一阵剧烈的咳嗽。

托德实在没有办法，确确实实，再这样下去，谁也出不去了，他抹去脸颊的眼泪，抱起苏，最后看了哥哥一眼，只能选择离开。火光燃红了他的双眼，只有挠心的疼痛与生离死别的痛苦，这些浑然已经盖过此时身体所遭受的一切。

西德也未能放弃最后一丝希望，求生的本能让他在木梁下扭动着身体……看着托德终于抱着她离开的那一时刻，西德心里有了不舍，他已经证明他对她的爱已经超过所有，甚至是生命他都愿意与她交换。而托德，他知道他会照顾好她，还会照顾好原本需要自己照顾的父亲母亲。

托德抱着她跨出了修道院，凯瑟琳冲上去试图接过他怀里的苏，

托德的手早已烧得血肉模糊。埃里克焦急询问托德，他知道他的大儿子还在里面，

“托德，西德呢，西德呢？”托德看着父亲焦急的眼神，抑制不住早已决堤的泪水，埃里克奋身就要冲进去，他不能失去他的儿子，他要救他出来。已经哭成泪人的凯瑟琳一把抓住埃里克，看着烈火中大门已经垮塌的门栏，她深知丈夫一去就是送死，可埃里克已经顾不了这么多，他甩开凯瑟琳执意要进去，这时克里斯缇娜与汉普顿，还有可人也牢牢抓住了他，房子已经开始塌陷，大家都知道，埃里克现在进去是不能出来的。

“你们放开我，我儿子还在里面！”埃里克使出了惊人的力气，甩开一个又一个想要拉住他的人，他还是不畏生死要进去，他是个父亲！

“西德！”一声惊叫，不知是谁先看到了西德从火场里走出来。

确实，一个火人从那已经垮下的门栏上跨了过来，他身后的房屋渐渐开始垮塌，人们第一时间冲上去为他扑打身上燃烧的火焰。

“谢天谢地，我不能失去你！”

埃里克眼里泛着泪花，平生第一次害怕得哭起来，所有在场的人都哭了：男人沉默着敬畏的表情想忍住奔出眼眶的泪水，女人们酸涩着鼻子不停的抹着感动的眼泪。

远处一声巨响，房屋彻底坍塌，剩下的只是余火灰烬里的一片狼藉。

# 第49章

在卡尔文医生的诊所里，托德受伤的双手都被缠上了厚厚的纱布，在康复之前饮食起居都需要有人照顾，确实现在有一个人把他照顾得很好，对他无微不至，而当每次托德说“谢谢”的时候她还会报以一个温柔甜美的微笑，她就是卡尔文与苏可人唯一的女儿：南希·汤普森。

托德突然觉得在曾经成长的岁月里，自己怎么一直没有留意过身边的她，她是一个多么美好的姑娘。

“没多久你的手就会痊愈，那时你就可以像以往一样骑着你的马匹去你想要去的地方，做你想做的事情。”南希总会时不时找些愉快的话陪他度过一天无聊的时光，她知道双手的疼痛会折磨他，每一天对于这样一个烧痛的人都会变得好漫长。

这应该是南希与托德的第一次独处，托德当然不知道，自己一直被面前这个少女爱慕着，在那豆蔻羞涩的年纪里，南希悄悄埋藏着自己的这个小秘密，她知道托德已经有了爱人，独占了他的整颗心，让她羡慕，又喜又悲，喜自己爱上一个专情的男子，悲他修的那幢房子却是送给别人的礼物，初恋这件小事此刻让她既心疼他赶快好起来，又矛盾得想留他在自己身边的时日能不能久一点。

托德心里也有点种种触动，他开始省思是不是真的是自己错了，他对苏的爱实在太执迷，才让他一路追随反而忽略了身边同样美好的风景，是该好好改变自己了，如果不是那场一厢情愿的婚礼，也许今天就不会像现在这个样子，也不会差点失去西德。那幢房子与那份心血，最后还是毁于一旦，他笑了笑自己的执着，执着了这么多年，到头来只是一阵伤痛的回忆，又憧憬又寂寞。

一个人一辈子总要经历某些事和某些人，这样才会留下某些东西，终于，当一切尘埃落定，我们获得更多，于是才有了成长，更懂得了珍惜。

托德，你应该有新的生活了，她走了，会有另一个她的到来，离开，只是遗忘，遗忘只为还有幸福在等着你。

所以，他接过她的话："那么，那时可不可以也带上你？"南希羞红了脸颊，心都快要跳出来了，她从不曾奢望他能爱上自己，习惯了默默的仰望，只要他幸福就可以，所以当他说出这样的话时，她就不能自已了，倒水的手颤抖起来，羞涩得咬着嘴唇，想让它少颤抖一点，轻声应了一声"嗯"。

这算不算是他的表白？

而在另外一个房间里，苏一直在床前守着他，不吃也不喝，只求他能早点醒过来，你已经睡了一天一夜了，难道你都不想睁眼看看我？我已经一无所有了，再不能没有你，你醒来我们就走，好不好，到你说过的那个种着栀子的地方，我要为你生儿育女，安安静静走完人生余下的路途，求求你，快醒醒，我已焦急得要窒息，我是不该怀疑你对我的爱情，不该误会你的所有，我爱你，我真的好爱你，求求你，快醒醒。

苏抚摸着他那缠着纱布的脸庞，回想起她才醒过来时，记忆里只有浓烟刺鼻的味道呛得她喘不过气，姑母告诉了她到底发生了什么，然后还告诉她是西德救了他，他虽然最后惊险地逃出了火场，却被这场大火烧毁了原来俊朗的脸庞，永远也无法像曾经那样正常的生活了。

而这些都是因为自己，她不在乎西德变成了什么样子，只要他的心还在爱着自己就够了。

埃里克没有去病房陪自己的两个儿子，独自一个人在房间书案前抽了一支又一支的烟，然后冷静地给奥德里奇·裴波将军写了一封信，信里告知这里发生的一切，西德是还活着，却毁容了。他能想象以奥德里奇·裴波将军的为人，会在看完信后，在全军面前告诉西德火场救人的事，然后宣布他死亡的消息。

这场家族闹剧，在此是个转折，也算是个终结。

后来，西德还是没让苏等太久，他醒过来对她说的第一句话还是："我现在还能不能带你走？"

苏当然要与他走，她曾想就算他醒来告诉自己不再要她了，她也要一辈子赖着他，今后无论再发生什么，也不会再退缩，只要与他在一起。

而艾希娅自那天出走后就再没有消息，也有人说在罗伊离开的头天深夜，借着昏暗的月色曾看见从亨特家驶出了一辆马车，急匆匆的离去。

谁也不愿捅破，大家都能猜测这场大火不是凭空燃起，艾希娅就是那个纵火者。特纳家又一次用他的仁慈饶恕了这个有罪的人，放她一条生路，只是祈愿她能从这最后一次的宽容里明白人世间的青红皂白，能够对自己的生命有一次由衷的忏悔，也希望她能珍惜爱她的罗伊，对于这样一个招人厌恶品性恶劣的女人能拥有一份至真的爱情，已经是幸运之神对她的额外开恩。

就在西德可以出院的那一天，卡尔文医生告诉埃里克一个振奋人心的好消息：五十多岁的埃里克又一次要做父亲了，埃里克难以掩饰心中的欢喜，这是上天对他最大的恩惠，也是最好的欣慰。凯瑟琳也甚是喜悦，她始终盼望着能与爱人有个属于自己的孩子，这一次她一定要让他健健康康成长，然后过完幸福安稳的一生。

# 第50章

一年之后，托德的婚礼在特纳家的教堂又一次简单的举行，这次他手挽的新娘是期盼与他走完生生世世的南希，他们彼此交换着幸福的眼神，愉快地在德克斯特·巴恩斯神父面前念着给对方不舍不弃的致辞，她那温柔的微笑在众人的祝福里是那么的美丽，打动着他的心扉，也温润了他余生所有的喜怒哀乐。在此之前，托德又重建了那幢小楼，还是和上次一样无比期望的心情，不同的是这次是为了南希而建，这幢建成的小楼比起先前烧毁的那幢更要漂亮了许多。他一直在想，此时此刻应该就是他人生最幸福的时刻。

凯瑟琳又给埃里克添了一个小女儿，小家伙捂在襁褓里不闹也不哭，时不时瘪瘪小嘴熟睡着，样子可爱极了。从出生那天起，她已代替了那个夭亡的青瓷，又一次重新给这个家庭带来了欢笑。

埃里克疼爱地摸着她的小鼻尖：“怎样才能给她取一个好名字？”“墨颜。”凯瑟琳已经想好了宝贝的名字，她想比起青瓷那致命的美丽，母亲寄望这个女孩的，只想要她平凡安静的过完一生，这便是对她最大的疼爱与最重的祝福。

亨特太太因为筹谋了20年的计划成了泡影让她捶胸顿足，大病了一场，她始终不会放弃任何一个能插足别人人生的机会。不幸的是正在她为下一步人生做着更长久的运筹时，一辆马车的到来打破了亨特家园的宁静，马车送来了一个疯疯癫癫的女人，没人知道经历了什么会让她变成现在这样痴痴傻傻、疯言疯语，但有件事是可以预见的：这次的艾希娅确实是回来了，而且再也不会走了。亨特太太从此都再没有精力去害人，一门心思只能照顾疯傻的养孙女，直至人生的尽头……

西德在托德的婚礼后，吻别了家里的所有人，带着他的栀秀要离开这里，去那个“为她而存在的世外桃源”。苏告别了家里所有的人，从今往后，她是自由且幸福的了。带着所有人的祝福，她随他奔向了那个多年渴望的梦境。

当马匹都已奔驰得精疲力尽，他们才到达这里，她能感受到这确实和他说的一样美，甚至更美。从此在这只属于他们的小天地，再也不会被人打扰了。

她能嗅到来自各种花儿不同的花香，还有树叶散发出的清新，她也能听到不远处天鹅求偶的叫唤，随后跳进水塘溅起水花的清脆声。

这一切，她曾不止一次在梦境里向往过：找一片美丽的森林，林间有湾湖水，湖水静谧而美好，地上是几百年岁月的落叶，松松软软铺着一季春绿色的风景。

黑褐而苍老的古树浑身青苔与藓绿，寄生的藤有枯死有新生，纠缠着它们古老的树干与岁月的灵柩。

阳光缕缕，五彩阳光点点透过树叶密织的网衣，挣扎着明媚了，悲伤着嬉笑过……折射出缤纷美艳。

在深邃的角落里，坐南朝北垒个家，筑个木头的房屋：有木炭、有火台、有小凳、有圆桌……最重要的是要有一张伸开怀抱温暖而热情的双人床。

就这些，足够了。

当过冬的候鸟在湖边落巢，当春始昆虫破茧漫天飞舞，当夏日炎阳被隔在林外炙烤，当秋叶日复一日给大地添衣增布……

当有一天我如花美眷也敌不过似水流年，当时间像毒药慢慢消磨了我的美丽，我在这座森林里隐埋了一个属于我的秘密：亲爱，我别无他求，除了你，我只想陪你悄悄老去……

此刻，栀子花盛情绽放在她窗前，他在身后抱着她，拿着她的手伸出窗外，一阵微风吹过，满枝的栀子下起花雨，轻轻倚落在她的掌心，心儿很是一阵满足，她已美梦成真，爱人给了她所奢求的所有，她此时只需侧着脸，细细地听，听到几枝栀子花吹落枝头，又随风轻轻飘落在了湖面，那声声亲吻湖水细微的声音，多像他的心轻轻触碰她的心……

幽香四漫，好一阵久违的芬芳……

# 尾声
Epilogue

"外婆，后来呢？"

"后来，本以为这就是最美的结局，因为一切又回归原位，故事里的每一个人终于都找到了真正属于自己的位置以及各自期盼已久的幸福，时光可以从此将这些难捱的往事用未来的事物渐渐灌注、慢慢遗忘。只是可惜，这样美好的年岁也只匆匆过了6年，你西德舅舅因为那次大火留下的病症在那年雨季来临的时候，最终还是没有逃脱肺病的侵扰，在6年后的那个夏天去世了。"不难听出凯瑟琳的哽咽，她很难过也很遗憾，她的声音传达了她的心情，"他被埋葬在他们的世外桃源，是栀秀一个人一点一点挖土掩埋了她今生的挚爱，也将自己的爱情随着那一把又一把的泥土永远封存在了他的坟墓里，直到时间的尽头也不再与他分离。我们知道西德去世是在栀秀自离开后第一次回特纳山庄，那是一个雨夜，大雨已经连续下了半个月，驮她回来的马匹四蹄上沾满了一路走来厚厚的泥泞，她把西德的遗物带了回来，也就是那次，我们才第一次去了他们一直生活的地方：那隐藏在山间林里的木屋他们的家，我还清晰地记得那天早晨，雨刚停，我们走过绵绵的泥路，穿过经久不散的山雾，终于看见那漫山的玫瑰，虽然被日不间断的大雨打落得遍地都是残败的花瓣，可只剩下花蕊的花柄却不是孤零零的在祭奠它还没来得及的绽放，在它们旁边有新生的蓓蕾在准备迎接阳光等待着美丽盛开，然后我们抬头就看见那株夺目的栀子花，远远的都那么耀眼，树枝健硕，遮掩小屋的一面，那满枝的白色花朵像被风打碎的白云密密镶嵌在碧绿色的天空中，还有那漫天的花香，嗅起来有种心碎的悲伤，因为往事太美好，回忆太真实，所以悲伤就更明显了，后来，应着栀秀的意思，你外公把那株栀子树带了回来"。

"外婆，可是我从没看到这棵栀子树。"

"就是院里最高的那一棵，你每年春天都要问这棵树为什么不开花，无论再怎么精心照顾，哪怕它已长成园中最繁茂的一株，它都没有再开花。而栀秀在回特纳山庄的一年后，毅然决然离开了我们，执意要回中国：她离开那个家太久了，她什么也没带走，除了这一年时光中移栽成活的一棵栀子树苗。我们那时才明白：原来她愿意停留的这一年，只是为了不停移栽她的栀子树，树活了，她在这里的心就死了。那是棵属于他的栀子树，他们的栀子花——他的前半生、她的后半生。此后，就再也没有她的消息。我想，她也再不会回来了。”凯瑟琳眼角微微的皱纹里已经填满了一行又一行深刻的泪花。顿了顿，没再说一个字，她给蔓萝的故事已经讲完了，也完全沉浸在这刚讲完的故事中不可自拔，这便是她一生最不凡的部分，也是最心痛的一块，一切就像昨天才发生一般，让人那么刻骨铭心。

窗外的星宿闪烁着微弱的光芒，像是冥冥之中指引着每一个人原本注定的命运：会遇见谁，会错过谁，会爱上谁，又会遗忘谁。当满月的银色撒进窗里，撒在蔓萝稚嫩的脸上，她倚在窗口好想穿越这层层星野，隔着时空去触碰一下梦里那个栀秀的脸，今晚还会梦见你吗，我的栀秀?

因为我轻轻闭上眼就已看见你：拖着裙子奔跑在原野间笑，捧着脸庞静坐在玫瑰丛里笑，回家的海边巨轮上招着手笑，种下那株你带回去的栀子时也在笑，还有那株沐浴在庭院里月光下的栀子树，随着你的笑也摇动起了树腰，抖动起满冠的树枝，瞬间，一朵又一朵，一朵接一朵，在树叶间，在枝干尖，从嫩青色的骨朵旋转着变成奶白色的花苞，然后我频频听见花蕊挤破花萼的声响。

我还听到了你的心声：我的心灵小城镇的历史繁花似锦，过往过许多的人，有人来时陌生，走时也陌生；有人来得悄无声息，走得也悄无声息；有人留下了他的回忆，有人带走了我的回忆。可我的这座小城镇却只须一个主人，我时刻等着，他却从未出现，我问过往的每一个人，得到的答案不是不知道便是认错的。渐渐地，黄昏一季又一季铺洒在我房屋的青瓦上，夕晖染过了一轮又一轮赶路的候雁，我企望北方干枯的树头，有点灰心又有些失意，你怎么还不来，正值我最美的年岁？你看东边绿油的田凹，新苗已有半人高，你看西边那潸潸的溪沟，清澈银铃的水淌，还有南边姹嫣的栀子花从，花开芬芳，堪须摘时只须摘……这些年岁的筹备，只为等你一声北边城门的叩门声。

恍惚中，蔓萝静静地看着花丛中的栀秀姑姑在浅浅的笑着，忧伤又温柔。

“你还好吗？中国的栀秀”。

**《道德战争——现代中国在价值观上的挑战》**

作　　者：张东才
出版时间：2014 年 6 月
定　　价：38.00 元

这是一本从宏观上探索和思考价值观的书。作者曾被邓小平接见过（见 1979 年 5 月的《华侨日报》）。他写的《美籍华裔教授张（东）才对我国人事体制的建议》（1988 年 8 月 19 日）被《经济日报》作为内参报送中央领导并得到当时中央领导胡启立、温家宝和宋健等人的高度赞扬。这本书于凤凰卫视“开卷 8 分钟”栏目（2014 年 9 月 30 日）被隆重推介。

**《国祚密码——16 张图演绎中国历史周期律》**

作　　者：姬轩亦
出版时间：2014 年 12 月
定　　价：38.00 元

本书以详实的数据和严密的逻辑推理再现了公元前 841~1949 年的华夏民族兴亡史；从国际关系学和社会学的角度深入分析了我们民族历史上那些至关重要的命运转折点背后的强大动力；用现代语言诠释中国 4000 多年的政治伦理和政治实践；透彻地解剖了华夏民族的编年史“如何打破华夏民族分久必合、合久必分的历史宿命”...... 告诉你支配这种规律的竟然是一个周期率。

**《缶庐拾遗及其他——献给吴昌硕诞辰 170 周年（插图本）》**

作　　者：吴民先
出版时间：2015 年 1 月
定　　价：48.00 元

吴昌硕是近代杰出书画家兼篆刻家，这本集子是其后人搜集吴各种轶闻和资料编撰而成，给热爱书法艺术的人以启示。

**《湖南长乐古镇文化（插图本）》**

作　　者：周明剑　余耀宗　刘泽龙
出版时间：2013 年 6 月
定　　价：32.00 元

长乐，乐其天乐其道乐其人也。这本书为长乐古镇的建制沿革、族源、宗教、建筑、语言、艺文、民俗、传说等做了近乎百科全书式的展示。既有“田野调查”式的大规模采风实录（如歌谣部分等），又有颇具知识含量的高精度治学解疑（如方言部分等）。此书真实生动地呈现了湘北农村历史人文画面，令人不忍释卷。

# 精品书快讯

## 《民主不是万能的》

作　　者：王千马
出版时间：2011 年 12 月
定　　价：35.00 元

这是一本优秀的对话集，作者通过与 10 位意见领袖的对话激励我们找到属于自己的心声。本书上了宜兴教育局“关于印发《全市社会教育机构读书活动实施方案》的通知”中的红头文件，文件特别推荐本书并指定“各类教育（培训）机构教师必读其中（3 本）的任何一本；《小康》杂志特邀中央党校教授、经济学者等联合开出了“推荐官员阅读 50 本书”书单，本书位居其列。

## 《创造力——推开潜能世界的大门》

作　　者：[ 加拿大 ] Judan
出版时间：2012 年 6 月
定　　价：48.00 元

这是一位犹太人结合中西方读书和工作经验的理论研究和实战经验的总结，是关于学习系统建设和学习理念及其方法的实战手册。从平凡也能到卓越，这不仅仅是一本关于创造力的书，而是一本蕴藏无穷智慧的佳作。

## 《华尔街局中局》

作　　者：宾　融
出版时间：2011 年 6 月
定　　价：35.00 元

全书以 37 个图表从专家角度把华尔街投机客手中精美包装的垃圾一一深入剖析，再现华尔街各大传奇公司上演的倒闭潮和跌宕剧，让人深思资本市场中的道德缺陷和金融体系的弊端；5 类针对信评机构的监管法则锁定海内外资本市场如何防范资本金风险，其对“变局、残局、对局”的深入剖析，贯穿了博弈论的思想，作者从资产证券化和金融产品创新的角度，挖掘出危机背后一系列深层次的、错综复杂的、美国的政治体制与经济政策方面的内生性根源和风险点。

## 《7 天学会古琴（插图本）》

作　　者：杨　青
出版时间：2015 年 7 月
定　　价：48.00 元

杨青老师录制古琴专辑《琴·歌》获 2011 年度十大发烧唱片奖；曾受邀担任 2009 年度及 2012 年度 CCTV 民族器乐大赛古琴组决赛评委；这本古琴艺术教学作品（配光盘）一书已被今年的非遗大会会务组内定为会务指定阅读书。长年的教学经验使杨青先生总结出一套独特、高效的古琴教学方法，这本书是一本古琴艺术短平快的作品，可让大众很快吸收古典文化艺术的熏陶。

# 精品书快讯

## 《纸牌大厦：卢瑟经济学之21世纪金融危机》

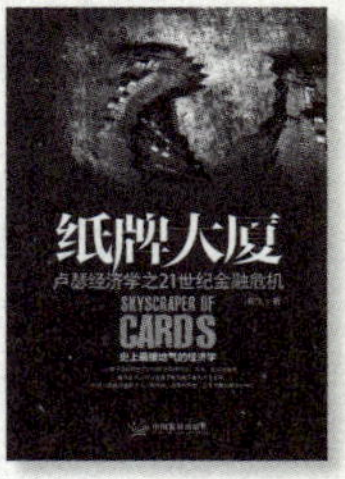


作　　者：安　生
出版时间：2015年4月
定　　价：48.00元

本书出版最大的贡献之一，不仅在于揭示问题的实质，更在于印证了一点：在当今条件下，即便是卢瑟，逆袭成功也是有可能的，可以让卢瑟们在复杂的市场经济中学会顺势而为。本书以精邃之洞见抽丝剥茧，将大国宏观经济博弈的张张底牌，清晰地展现于我们眼前。

## 《卢瑟经济学》

作　　者：安　生
出版时间：2014年4月
定　　价：35.00元

此书以马克思思想为基础，并参考了西方主流经济学等人的观点，提出资本主义运行方式存在固有的内在不稳定性。本书还探寻了权利与繁荣的秘密联系，并帮你构建与当前社会结构相适应的个人策略体系。

## 《授之以渔我收网——销售组织齐心协力之道》

作　　者：谷荣欣
出版时间：2014年6月
定　　价：35.00元

这是一本关于销售、管理和组织齐心协力之道的书，重在系统全面的协助组织提升销售生产力，建立组织内部信息对称。更难得的是作者运用心理学、营销管理学和人力资源学并结合自身一线在四川和重庆硬是打败了在国内其他地区无败绩的国外知名软件大品牌，首创国内品牌完胜国际品牌且在两地市场占有量豪取70%份额的傲人业绩，书中大量的案例来源于此。

## 《儒商管理学》

作　　者：周北辰
出版时间：2014年6月
定　　价：35.00元

本书展示了中国儒商文明与中国式管理的七大要素和现代企业文化与管理制度的八大要素。作者将儒家经典和管理案例奇妙结合在一起，以期帮助中国企业家建立有中国特色的企业文化与管理制度，建立儒家传统的管理之道，提升中国企业领导人的人文与哲学素养。本书还阐述了两个重大问题：儒商精神与儒商管理模式。儒商精神的培育与儒商管理模式的建立，标志着中华文明由传统“农耕文明”型态向现代“商业文明”型态正式转型的开启。

## 精品书快讯

### 《驾行中东 17 国（插图本）》

作　　者：刘　武

出版时间：2011 年 6 月

定　　价：35.00 元

本书记载了央视资深记者刘武驾车走过 17 个国家的的探险录，从中东地理涉及到人文和风俗人情等，配有大量图片及速写（为南开大学东方艺术系主任赵均教授画）……本书得到了伊朗和叙利亚等中东大使馆的大力赞许，张建伟和卢跃刚作序。

### 《寂静的青春》

作　　者：吴　端

出版时间：2015 年 2 月

定　　价：38.00 元

这是一本试着以历史唯物主义的理论与方法，来研究青年在近、现代人类社会快速发展与变革过程中，起到的独特作用和重要意义，以及它所表现出来的带规律性的本质特征。这对建立起科学的经得起历史检验的青年观和建设青年学科理论的核心理论很有帮助。

### 《医院绩效变革》

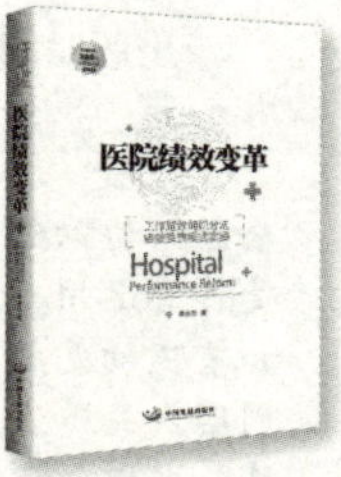


主　　编：秦永方

出版时间：2016 年 5 月

定　　价：88.00 元

作者在医院和医院管理技术研究院第一线研究了 30 年，自 2009 年新医改以来，他深入各级各类医院调查访谈医院管理者及医务人员近 2 千人，从实践中汲取管理营养，认真研究医改新政，探索与社会和谐互动的医院绩效管理模式，本书稿更加侧重实操的研究成果。

### 《观察》系列（双月刊）

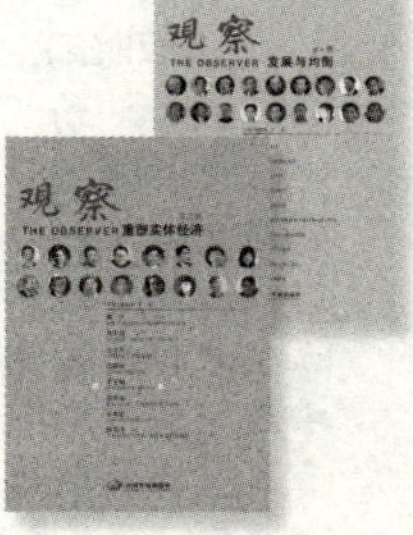


主　　编：杨其川　王　强

出版时间：2012 年 11 月

定　　价：30.00 元

《观察》每一辑有选择性地就中国经济社会变革与发展中遇到的某一个焦点或者难点问题作出探讨。《观察 1》以“发展与均衡”为主题，《观察 2》以“重塑实体经济”为主题，即将出版的《观察 3》以“生态城镇化”为主题。集子收入的作品和作者都是经济界知名人士，分别采用了张维迎、滕斌圣、谭云明、孟书强、石正方、徐枫、韦森、余永定、茅于轼、魏杰、张茉楠、张锋强、易宪容、黄茂兴、许小年、巴曙松等人的文章合集。

## 推理小说系列（两本）

作　　者：马　天　王稼骏
出版时间：2012 年 11 月
定　　价：25.00 元

《1/7 生还游戏》整个故事是由一笔巨额遗产引起，这种古典推理小说的模式大大增加了阅读乐趣，能吸引大量的本格推理迷阅读；《诡异房客》不仅描写了富含日系风格的离奇凶案侦破故事，也对社会上的一些阴暗现象（如对精神病人的歧视等）进行审视，富含哲理。作者有业界被称为“中国的东野圭吾”。

## 《公共幸福系列》5 本

作　　者：[日] 矢琦胜彦
出版时间：2012 年 6 月
定　　价：35.00 元

矢琦胜彦，现任日本芬理希梦集团名誉会长，京都论坛事务局长。他在四川凉山培植了越光稻谷成立“信赖农园项目”，认为这个地方或许可以成为未来不发达国家的人们摆脱困境的发展典范……以此为动力撰写出此系列图书：《幸福经营之道》、《良知物语》、《印度植树物语》、《信赖农园物语》、《和商实学》。

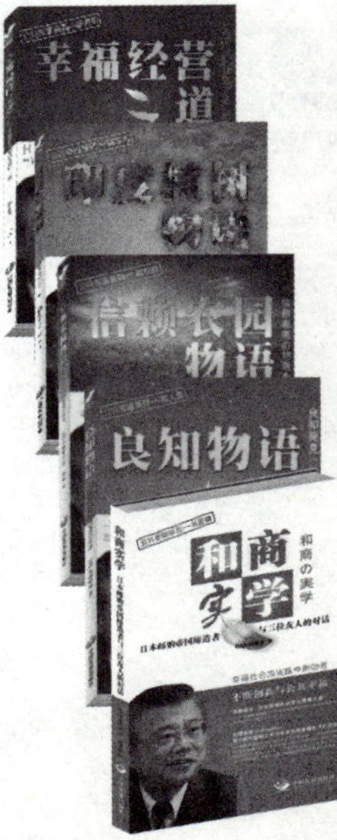

## 精品书快讯

### 《新京报十周年丛书》5本

作　　者：《新京报》
出版时间：2013年11月
定　　价：35.00元

“新京报十周年精品系列”共5册，新京报践行“品质源于责任”的价值观，以主流性、敏锐性、时代性洞察时局，引领舆论，推动社会的文明进步，成为一份具有全国影响力和世界影响力的新型时政类主流城市日报。这是该报社创刊近十年（2003~2013）来优秀获奖作品的精选集，此集子的出版给传媒行业提供了实践样本和动力。

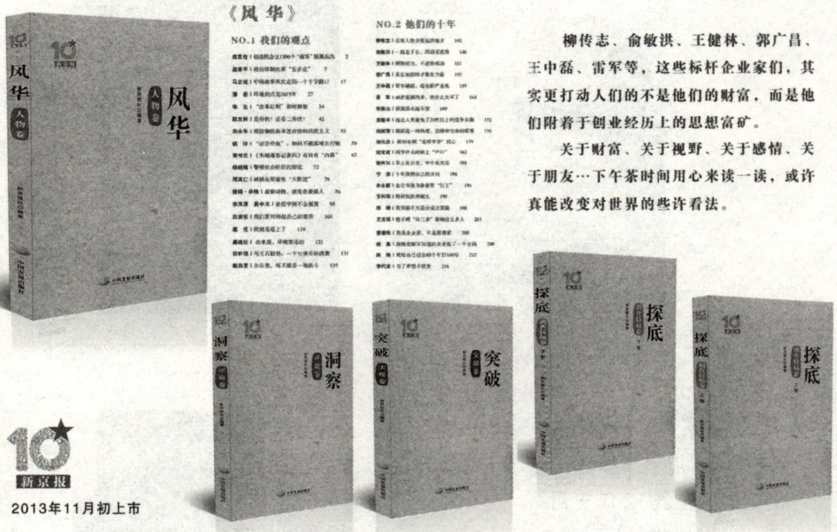